ここから物語《ものがたり》がはじまる

作◎高田桂子（たかだ・けいこ）
絵◎宇野亞喜良（うの・あきら）

そうえん社

目次

夏樹（小学4年生）

春菜（小学6年生）
雪也（小学4年生）
実果（小学6年生）

〈なかねや★かかしの里〉の住民たち

プロローグ

〈かかし〉って、しってる?
しってるよ。
へのへのもへじの顔をして
田んぼで、日がな一日、
一本足で立っているよ。
やっぱりね。
はじめは、みんな、そういうんだ。
ところがね。

1　夏樹《なつき》は、そこでクマと出会った

2010 春

夏樹《なつき》の家と小学校のあいだに、小さな公園がある。公園のかたすみに砂場《すなば》があって、そばに桜《さくら》の樹《き》が一本立っていた。いつごろから立っているのか、おぼえている人もいないほど、昔からそこにある。

東北のこのあたりでは、桜が咲《さ》くのは四月もおそくになってのことだが、花の色が白ぼけて、花の数まで少なくなった老木《ろうぼく》のもとには、花見におとずれる人もほとんどいない。

そんな桜《さくら》のもとに、毎日やってくるのは、四年生の夏樹《なつき》くらいのものだ。学校からのかえり道、桜の花びらと同じくらいあおざめた顔で、中学一年のお兄ちゃんをまっている。

お兄ちゃんの授業《じゅぎょう》が終ったら、いっしょに家にかえろう。

それまで、砂場《すなば》のふちにこしをかけて、本を読んでいるつもりだ。ランドセルから本を一冊《さつ》とりだした。図書館から何回も借《か》りかえている本で、開こうとしたとたん、目の前を一枚《まい》の紙がよぎった。

キャッチ！

おもわずかた手で紙をとらえたら、本が落ちた。

つづいてとんできたのは男の子だ。頭から砂につっこみ、もがきでて、ばさばさと頭をふるい、夏樹に砂だらけの本をつきだすまでに、たったの三秒。

夏樹は、ぽかんと口をあけた。

この子は、だれ？

ばさばさの髪《かみ》が頭の上ではねて、まんまる目玉に大きな口。短い紺色《こんいろ》の着物にげたをはいて、昔話に出てくるわらべのようだ。

どこから、とんできたんだ？

夏樹は、本を受けとりながら、やっと声をだした。

「ありがとう。えーっと、お、おまえ、き、きみは……」

「だいすけ」

ちょっとかすれた一本調子な声で、男わらべは名のった。それから、夏樹の手もとに、きょろんと大きな目を動かした。

つられて夏樹《なつき》も自分の左手を見れば、ひらひらとんできたさっきの紙が、すっかりくしゃくしゃになっている。

男わらべはそれをひっぱり、ていねいにしわをのばし、あらためて夏樹の手にわたした。

「おれ、こういうもんや」

――かぜの　だいすけ。

大きな字で、それだけ書いてある紙を、夏樹はじっと見た。

「〈かぜの〉って名字？　それとも、風みたいに空をとぶからそういうの？」

男わらべは、きょとんと首をかしげた。

「きみは、空をとんできたんでしょ、ここまで」

と、夏樹。

「とんできてへん」

と、だいすけ。

夏樹は、ムキになった。

「とんできたったら」

「とんできてへん。気ぃついたら、ここにいただけや」

ヘンな子！　と思ったが、夏樹のしりたいのは、そんなことではない。

「どっちでもいいからさ。瞬間移動《しゅんかんいどう》のしかた、早く教えて！」

だいすけは、さっきよりもっと大きく首をかしげた。

「テレポートだろ？　呪文《じゅもん》をとなえるの？　山にこもって修行《しゅぎょう》する？」

「気ぃついたら、ここにいただけや」

と、だいすけは、また同じことをいう。

夏樹《なつき》は、あせった。

「ふつう、そんな便利《べんり》なこと、できないよ。できるんだったら、おれ、ひとりでとっくに家にかえってる。家の近くにこわいクマがいるんだ。ここでお兄ちゃんの学校が終わるの、まってるんだ。毎日まいにち……」

ひと息にいって、夏樹はだまりこんだ。

——あーあ。白状《はくじょう》してしまった。どこのだれだかわからないヤツに。

それでも、夏樹は、ぼそっとつけくわえた。

「なんとかならないかなあ。トレーニングするとか」

「トレ……? トレ? トレーニング?」

その言葉が気にいったのか、だいすけは、ぱかっとわらい、とつぜん、両手を前につきだして、ぴょんぴょんはねだした。

「トレ・トレ・トレーニング！　こんなこと、できる？」

つられて、夏樹もぴょんぴょんとはねた。

「できるやないの」

「このくらいじゃダメなんだ。もっと大きくとびこえなきゃ」

そうしたら、こわいクマに会わなくてすむ。自由になれる。

「トレ・トレ・トレーニング！　こんなこと、できる？」

だいすけは、ぴょんぴょんはねつづける。

夏樹も、またつられて、ぴょんぴょんはねる。

木のかげや草のしげみにかくれたり、ひょいとあらわれたりしながら、
だいすけは、はねる。夏樹のまわりをはねまわる。

「トレ・トレ・トレーニング！」の声がだんだん遠くなって、ふいに、だいすけが消えた。

夏樹《なつき》は、きょろきょろと、あたりを見まわした。

「だいすけ？」

出てこない。

何度呼《よ》んでも、人気《ひとけ》のない公園はしんとしたままだ。

よーし。だったら、こっちからつかまえにいく。

「トレ・トレ・トレーニング！　こんなこと、できる？　できるできるよできるんだ！」

夏樹は、歌いながら、はねてみた。

ぴょんぴょんぴょーん、ぴょんぴょんぴょんぴょーん。

いつのまにか、夏樹は、トランポリンのように高くはねあがっている。

はねる。とんでる。風にのる。

「かぜのだいすけーっ」

はねながら呼ぶと、「ここやでーっ」と、声がふってきた。

古い桜《さくら》の樹《き》のてっぺんからだ。

「ダメッ。花にさわっちゃダメッ」

と、いったとたん、夏樹はドタンと地に落ちた。

「なんでや」

「この桜、もうおじいさんなんだから」

「すきなんか」

「すきってほどでもない」

てれて、鼻のあたまをかく夏樹《なつき》に、だいすけがまたたずねる。

「すきなんか」

「うん、まあ」

だいすけはぴょんと木からとびおりると、行くでーっ、と右手をつきあげた。

「どこへ」

「くまのところへ」

＊

ぴょんぴょんはねながら、夏樹はだいすけのあとを追った。

あの角をまがったら、こわいクマのいる家だ。

――できるできるよできるんだ！
目をつむって、夏樹は、おもいきりはねた。
グワーン！
ゲキトッツ?!
「わわわわわん！」
耳のすぐそばで、なりひびく声。
びっくりして目をあけたら、クマの家のフェンスがあった。その間から、
クマの黒い鼻づらがのぞく。
「わわわわわわわわわわわんっ」
クマと夏樹は、いっしょにほえた。
クマも夏樹も、フェンスをまん中にはさんで、あっちにこっちに逃《に》げま

どいながら、大声でほえ、さけびつづけた。

「クマって、犬のことやったんか」

だいすけのわらっているようなようすに、夏樹《なつき》はムッとした。

「そうだよ。なんだと思ったんだよ」

クマのほえ声が聞こえないと思ったら、だいすけがフェンスの間から手をいれて、クマの頭をなでている。白くまみたいに大きな体をした犬が、だらんとのびきって、ときどき薄目《うすめ》をあけては、きゅいーんと甘《あま》え声をだす。

だいすけも、クマの頭をなでつづける。

「なあ、クマ。クマはいっつも夏樹をこわがらせていたんやろ、それできょう、クマは夏樹にものすごうびっくりさせられたんやろ。これであいこやからな、クマ。もう夏樹をほえんたってな、クマ」

「だいすけ！　クマ、クマって、わざとらしくない？　クマもうるさいんだよ。きゅいんきゅいーんって」

口をとがらせながら、夏樹は、だいすけの横からそっとクマの頭をなでてみる。ううっとクマは歯をむきだした。

右目でだいすけを見ては、きゅいーん。

左目で夏樹をにらんでは、ううう。

そのうち、耳がぺたんとおりて、クマは気持ちよさそうに目をとじた。

だいすけが手をはなして、夏樹の手だけが頭をなでても、クマはもう歯をむかなかった。

「夏樹がこわいと思うたら、クマかて、こわいんやろな」

夏樹《なつき》は、クマの気持ちになってみる。

――いっつも目をつりあげて、かたまっているおれに、クマだってこわかったのかも。そんなおれが、おもいきりフェンスにとびかかったんだから、クマはきょう、よっぽどこわかったんだろうな。

＊

夏樹とだいすけは、また公園までもどってきた。

だいすけは、桜《さくら》の樹《き》の幹《みき》をなでながら、いった。

「おれ、もうかえるな」

「どこへ」

「かかしの里や」

「かかしって、あのかかし？　田んぼに立ってるヤツ？」

「かかしにもいろいろあるんやで」

「ふーん」

わかったようなわからないような気分だったが、夏樹には、もっと聞きたいことがあった。

「またあえるよね？」

「あえるで」

「あした？　あさって？」

せきこむ夏樹に、だいすけは、首をふった。

「おれ、呼《よ》ばれたような気ぃしたんや。それで、桜の樹をむかえにきたんやけど、ちごうたんかなあ。ま、ええわ。夏樹が桜のことを大事に思うてるし、桜《さくら》も、年取ってしもうたけど、もう少し、ここにいてみようっていうてるから」

「うん。桜と話をするの、すきなんだ。学校であったことなんか、いろいろ。桜守《さくらもり》なんていいかもね」

「また来年の春、来てみるわ」

「約束《やくそく》だよ。きっとだよ」

「そんなら、おれ、かえるわ。おれを作ってくれたおかあさんが、かかしの里でまってはるし」

「作ってくれたって？」

「おれ、かかしやで」

そういわれたら、そんな気がしてきた。

ぱかっと大きな口でわらうだいすけ。ちょっと人間っぽくはないのかも。どこかであったような、ずっと昔からしってるような、なつかしい気がする。

「さあ、とんでかえるでーっ」

だいすけは夕やけ色の西の空にむいて、ぴょんとはね、ひゅんと消えた。

「やっぱり、とんでるんやないか!」

と、だいすけ言葉でいってみたら、夏樹《なつき》にもわかってきた。

〈とぶ〉には、ふたつ意味があったんだ。空や宙《ちゅう》を、ほんとにとぶこと。もうひとつは、いそぐってことだ。

だいすけの場合、いそいでかえることなんだろう。

家では、だいすけのおかあさんがまっているんだから……。

＊

四年生になって学童保育《がくどうほいく》がなくなってから、夏樹《なつき》は、家にかえりたいと思わなくなった。

だれもまっていいない、ムッと空気のよどんでいる家に、鍵《かぎ》をあけてひとりで入りたくなかった。だから、クマのせいにして、お兄ちゃんといっしょにかえりたかったのかもしれない。

だけど、クマがそんなにこわくないとわかったので、もうお兄ちゃんをまつ理由がなくなった。どうしよう。

だけど、だれもいない家、やっぱりいやだ。

そんなことをみんな解決《かいけつ》してくれたのは、クマだった。

次の日、夏樹が、お兄ちゃんをまたないで、学校からかえってきたら、近くの家のフェンスから、やっぱり大きな声がする。

「わわわわんっ」

「クマ？」

夏樹がおそるおそる呼《よ》ぶと、とたんに、きゅいんと甘《あま》え声にかわった。

フェンスの間から手をのばして、頭をなでている間も、きゅいんきゅいーん。さいごに夏樹の手をひとなめしたが、これには、体じゅう、ゾゾゾッと鳥肌《とりはだ》だった。クマの大きな舌《した》がザリザリッと動いたあと、夏樹のてのひらは、べったりとぬれていたのだ。

それからも、クマは、どうかすると、夏樹《なつき》のてのひらをひとなめするのだった。ひとなめが趣味《しゅみ》なのか、夏樹が身ぶるいするのがおもしろくて、わざとやっているのか……。

そのうち、クマになめられたてのひらから、ときどき甘《あま》いにおいがたつことに気がついた。

なんだろう？

あるとき、おどろかせようとこっそり近づいた夏樹は、反対におどろいた。

クマは、バラの花を食べていた。

バラの花にとびついては、花びらをむしりとり、もごもごと口を動かしている。それだけでもびっくりなのに、しばらくすると、前足で口もとをぬぐい、にっこり笑《わら》ったのだ。

バラの花びらを食べる犬がいるなんて、はじめてしった。

広い庭には、色とりどりの花の咲《さ》くバラの木が何本もあったが、なんでもいいわけではないようだ。

クマがとびつくのは、垣根《かきね》に群《む》れ咲く濃《こ》いピンクのつるバラで、丸っこい花がもこもこと咲いたら、熟《う》れすぎのりんごのような、くらくらするような甘いにおいが、あたり一面にただよう。アンジェリカという、くすぐったいような名前のこの花を食べた後のクマは、大きな口をあけて、くすぐったそうに笑うのだ。

そんなとき、ふわふわんと、甘いにおいがたつ。

クマは、まいにち、夏樹をまっていてくれるようになった。

庭のどこにいても、夏樹の足音を聞きつけて、フェンスのところまでとんでくる。

「わんっ」

「ただいまっ」

どちらが先か、あらそってあいさつをする。

このしゅんかんが、夏樹《なつき》には、家にかえってきた、と思えるときで、家の鍵《かぎ》をひとりであけるのも、そんなにいやではなくなった。


夏樹は、何度も借《か》りかえていた本を、やっと図書館にかえしにいった。大型犬《おおがたけん》の図鑑《ずかん》だ。

クマは、超《ちょう》大型犬のグレート・ピレニーズという種類《しゅるい》の犬だ。ピレネー犬とも呼《よ》ばれるのは、フランスとスペインの国境《こっきょう》にあるピレネー山脈《さんみゃく》のけわしい山岳地帯《さんがくちたい》で、何世紀《せいき》もの間、羊《ひつじ》や家畜《かちく》の群《む》れを守って働《はたら》いてきたからだという。どんな天候《てんこう》でも、羊や羊飼《ひつじか》いの家族をオオカミなどから守ってきたそうだ。

なんてカッコいいいんだろう！

図鑑ではじめて、グレート・ピレニーズという名前をしったときからずっと、「こわい」と「友だちになりたい」との間で、ゆれ動いていたような気がする。

そして、そんな犬のほんとうの名前が、じつはポチだなんて……。

聞いたとき、あんまりだと思った。だから、夏樹だけは、クマと呼ぶ。

夏樹がクマと呼べば、クマは、庭のどこにいてもかけてくる。

2 春菜《はるな》は、ヒトでもヨーカイでもないものと出会った

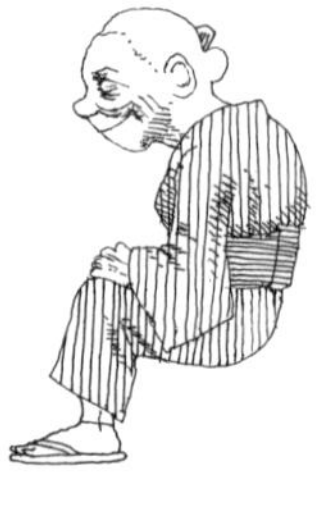

2010 初夏

ウィークデーのお昼どき。

急行を見おくって各駅停車《かくえきていしゃ》に乗ったが、電車の座席《ざせき》は、ほとんどうまっていた。すわったとたん、春菜《はるな》は、背《せ》をまるめて文庫本を開いた。

『妖怪《ようかい》』というタイトルを見つけ、ふりがながなくても読めたことがうれしくて、上下巻《じょうげかん》そろえて買った本だ。

――ヨーカイ、ヨーカイは、どこだ？

室町《むろまち》時代、公卿《くぎょう》、武士《ぶし》、豪族《ごうぞく》……と、漢字だらけのページの中に、やっと陰陽師《おんみょうじ》という字を見つけ、さあ、式神《しきがみ》や九本しっぽのあるキツネが出てくるぞ！　と待ち受けているのだが、いっこうに登場しない。がまんできなくて、パラパラと先のページをめくってみたが、出てきそうもない。

おかしいなあ。「あったまいい！」と評判《ひょうばん》の、この春菜さんが選択《せんたく》をまちがえたなんて！　おこづかいをはたいて買ったのに、ゆるせない、と、いっそう深く本に目を近づけたとき。

ガタン！

電車が止まって、ドアがあいた。

ぼんやり目をあげた。乗ってくるのは、二、三人だ。

また本に目をもどしたとたん、ページの上に影《かげ》が落ちた。

——なにも、わたしの前に立たなくたって！

上目づかいにみれば、着物姿《すがた》の小さなおばあさんが、笑《わら》っているような顔で立っている。

春菜《はるな》は肩《かた》をすくめて、立ちあがった。

とたんに、ガラガラ声がひびいた。

「すわりな、ばあちゃん」

見れば、春菜のとなりの席《せき》の男も立ちあがっている。野太い声の持ち主は、白っぽい服に白いくつ、首には花柄《はながら》もようのマフラーをまき、髪《かみ》をツンツンつったてて、ちょっとあぶないヒトって感じ。

同時にあいた、ふたつの席。

おばあさんは、男のゆずった席にすわった。

春菜は顔をしかめた。またすわるのも、カッコわるい。でも、ドスン、と音を立ててシートにすわった。

とたんに、なめていたマーブルあめがのどにつまった。

——お、おせっかいやき！

聞こえたかのように、ツンツン男は、つり革《かわ》を両手でゆすりながら、やっぱり野太い声でいった。

「ねえちゃんよう」

「ねえちゃん?!」

あめを片《かた》ほおに動かし、春菜は男をにらみつけた。

「ねえちゃんは、ヨーカイがすきなんかい？」

おかまいなしに男は、春菜《はるな》の本に目を近づけ、あごをしゃくった。

本の表紙には、人気《ひとけ》のない荒《あ》れた風景の中に三日月がぼんやりと赤く、それよりもくっきりと赤い『妖怪《ようかい》』の二文字。

「おれさあ、あずきとぎやかっぱ、だいすきだ」

「ちがうの」

春菜は、せいいっぱい冷《つめ》たい目で男をにらんだ。

「ちがうって？」

「むずかしいの」

「むずかしいヨーカイ？　おれ、すきかも」

あんたにわかるはずないだろ！　といいかけて、春菜は口をとじた。

マーブルあめが落ちそうになった。最後《さいご》まできちんとなめて、七色に変《へん》化《か》させなければ気持ちが悪い。色の変化は見なくてもわかる。味がビミョーに変《か》わるからだ。それに、この種《しゅ》のあめは、もう手にはいらないかも。そんなうわさがたっているので、ひとつでも落とせない。今どきのは、表面を赤、白、緑……と七色にぬってあるだけで、なめても味は変わらないにせものばかりだ。

顔をしかめたら、にこにこ顔のツンツン男と目があった。くちびるのかたはしで笑《わら》いながら、男は、またたずねる。

「どんなヨーカイがいるんだい」

「いろいろ」

「ひとつふたつ、名前を教えてくれたっていいだろ」

ぶじにあめをなめおわった春菜は、おもいきり男をにらんだ。

「だからあ、そんなにタンジュンな話じゃないんだって！」

春菜《はるな》だって、この本の中にはヨーカイがどっさりつまっていると思っていたのだ。ヨーカイだいすき！　からかさおばけにいったんもめん、ねこまたにろくろっ首。そんな幼《おさな》いころからなれしたしんだものたちに再会《さいかい》して、せいせいしたい、笑《わら》いころげたい、ひやっともしたい、と思っていたのだ。でも、ちょっとちがうようだ。

ヨーカイにも、いろいろあるらしい。いろいろあったから、ねこまたやしっぽ九本のきつねなんかになったのかもしれないけれど。

この本は、そんなものになる前の話のようだ。もっと生っぽくて、ヒト＝ヨーカイ、ヒトがヨーカイになったりするようで……。

ぶんぶんっと、春菜は頭をふった。

ツンツン男はフンッと鼻をならした。

「ほんとは、わかってないんだな。ねえちゃん、小学生だろ。ナリは大きいけど。中学生ってことはないよな」

「それがどしたの！」

「小学生が、なんだってこんな時間に、電車にのってるんだよ」

中学生だって、のってちゃいけないんだよ！

いいかけて、春菜は、おもいきり顔をしかめた。

＊

教室をとびだして、春菜は、そのまま通学電車にとびのったのだ。

クラスメートに足をひっかけられて、廊下《ろうか》ですっころんだ。

それでも、あんたら目じゃないんだよって顔して、肩《かた》そびやかして保健《ほけん》室《しつ》に行ったら、おどろきもしない養護《ようご》の先生。

「いらっしゃい、金子春菜《かねこはるな》さん。いっそ保健室登校にしたら、どうでしょうね？」

と、いつもながらのセリフでむかえる。

いつもだったら春菜も、イーッて顔して、マーブルあめをなめなめ、かえりの時間までベッドでねばるのだが……。なぜか今日《きょう》は、バンドエイドを自分でひざにはり、さっさと逃《に》げだした。

どうして？

理由なんてわからない。

強《し》いてさがすなら、『妖怪《ようかい》』というタイトルの本に出会ったからだろう。

人間に会いたくなかった。人間ではないものと会いたかった。人間でなければ、どんなヨーカイだっておばけだってかまわなかった。

ツンツン男は、つり革《かわ》からかた手をはなし、白い上着のポケットから一枚《まい》の紙きれをとりだした。

「おれ、こういうもんだ。ねえちゃんの役にたつかも」

「なんで。わたしはぜーんぜんこまってない。いらないったら」

いいながらも、春菜はおしつけられた紙の上の文字を見て、ぷっとふきだした。

——いま　いくぞう。

「まっさかあ。これ、本名なの？〈いま〉が名字で、〈いくぞう〉が名前？」

「おかしいかい」

男の顔が、たよりなげなものにかわる。

「おっかしい。ダサイ。ビミョーにやぼったい」

春菜《はるな》が、はやしたてると、となりの席《せき》のおばあさんがいっしょに歌いだした。

「りりしい。あいらしい。心ばえがよい」

びっくりして歌をやめて、春菜はおばあさんを見た。

おばあさんも歌うのをやめて、ほんのりと目もとをゆるめた。

「おじょうさん、あなた、わたしの孫娘《まごむすめ》に似《に》ているのですよ」

それから、「あなたもね」と、ツンツン男にも笑《わら》いかけた。

「みんな孫のようなもの。わたしの孫やひ孫なのですよ」

おばあさんは、ほとんど口をあけたてしないで語りはじめた。

孫娘はハルナっていうの。かわいい顔のわりには口が悪くてね。いえ、悪いことはないの。まちがったことはいってないの。ただねえ、正直すぎるといおうか、不器用《ぶきよう》といおうか……。

たとえば、こんなふうに、といって、おばあさんは、ひとり二役をはじめた。

「ハルナちゃん、きのう、町で会ったでしょ。わたしに気がつかなかった？」

と、お友だちに聞かれたら、ハルナは、こう答えるの、シラシラッとした声でねえ。

「わかっていたけど、声をかけたら、おしゃべりで時間がつぶれる」とか
「学校で伝達事項《でんたつじこう》は伝《つた》えおわってる」とか、「いっしょに買い物したりする

の、かったるい」とか。

髪《かみ》をうしろになであげるかっこうまでやって見せるおばあさんに、おもわず、春菜《はるな》は手をたたいた。

「きゃあ、おばあさん、うまい！」

それから、えっ、と思った。

どこかで聞いたセリフ……。どこかで出会った場面……。

おばあさんは、つづけた。

「それで、仲間はずれにされて、きのうまで友だちだった子らにムシされたり、けとばされたり。ハルナは気持ちが定まらなくなってね。できていた勉強もおろそかになって、学校をさぼるようになったの」

春菜は無意識《むいしき》に、マーブルあめをひとつ、口にほうりこんだ。

たしかに……。

人もうらやむ小中一貫《いっかん》の私立《しりつ》女子校に入学して六年、学年が上がるにつれて、春菜は周囲《しゅうい》ときしむようになった。

学校中、女の子ばかり、というのはバランスがわるい。つい男の子っぽくふるまってしまう。複雑怪奇《ふくざつかいき》な女の子だけの集団《しゅうだん》で、ひとり、単純明快《たんじゅんめいかい》すぎたのかもしれない。女の子の友だち関係《かんけい》は濃《こ》すぎるか薄《うす》すぎるかでテキトーはない。薄くなるには一秒もかからない。

おばあさんのお芝居《しばい》そっくりな場面をいくつ重ねてきただろう。

「あったまいい！」と近所でも評判《ひょうばん》だった女の子は、いまや伝説《でんせつ》の中にうずもれようとしている。

こんどは、おばあさんは曲がったこしをのばすようにして、ツンツン男を見上げた。

「男の子の方は、とってもやさしいのですがね、父親の期待が大きすぎたのか、グレてしまったの。町の悪い子らとつるんで、ナイフをもって騒《さわ》ぎをおこして、二十歳《はたち》になるかならないかでもう……」

おばあさんの声がとぎれ、ツンツン男は、かたく目をとじた。

春菜《はるな》はさけんだ。

「どうなったのよ。死んだの？　相手をぶっ殺したの？」

「ほれほれ。そんなに性急《せいきゅう》にたずねてはなりません」

と、おばあさんは、春菜の手の上にそっと手を置《お》く。ざらっとした荒《あ》れた感触《かんしょく》は、春菜にはなつかしいものだった。

「じっとまつんですよ」

一年前に亡《な》くなった祖母《そぼ》の手に、どこか似《に》ている。だんだんなだめられてゆくのを感じて、春菜はうなずいた。

「そう、それでいいのですよ。言葉がすべてではありませんから」

＊

電車が止まった。

急行とのまちあわせで、二分間停車《ていしゃ》の駅だ。

「さあ、おりましょうか」

おばあさんが、だれにともなくいう。

ツンツン男は無言《むごん》でうなずき、おばあさんの腕《うで》に手をそえて、そっと立たせた。

「すぐにわかりましたよ。あなたもまた、わたしの孫《まご》だと」

「おれ、どうして、ここに来たんだろう」

「わたしが会いたがったからかもしれませんね」

「おばあさんは、どうして？」

「呼《よ》ばれたように思ったのですよ」

春菜《はるな》には、まったく理解《りかい》できない会話をかわしながら、ふたりは歩きはじめた。

「待って！　おりる。いっしょに行く」

春菜は髪《かみ》をかきあげ、かばんをわきにかかえて電車をとびおりた。

ホームには三人が残《のこ》った。

おばあさんは、のびあがるようにして、春菜の頭をなでた。

「いじめは、とてつもなく悪いことです。いじめられる方はもちろん、いじめる方も身動きとれなくて、出口が見つかりません。そんなとき、環境《かんきょう》を変《か》えてみるのは、ひとつの手かもしれません。ひっこしするとかして。ただ、同じ自分のまま、場所だけ変えても、うまくいくとはかぎりませんから。いじめられている方が、おもいきってまっ白になって、自分を変えてみることこそ、あるいは奥《おく》の手かもしれません」

相手に変われと願《ねが》ってもムリだから、と、亡《な》くなった祖母《そぼ》もよくいっていた。

「それでも、関係《かんけい》が改善《かいぜん》されないなら、けっしてムリをしないこと。時をまちなさい。いつかきっと、あなたがすき、そんなあなたのままでいい、と、いってくれる人があらわれますよ」

亡《な》くなった祖母《そぼ》とは、顔も体つきも似《に》ていないのに、春菜《はるな》は、目の前のおばあさんから目がはなせない。

「孫娘《まごむすめ》は、もとがかしこい子でしたから、そうやって生きのびていますよ、今でも」

「まって。もっとお話ししたい」

「そろそろかえります。こうやって出会えましたから」

「どこへ？」

「かかしの里へ」

「なんの里？」

ツンツン男がわってはいった。

「かかしの里だよ。〈なかか**ね**や★かかしの里〉ってのが大阪《おおさか》にあるんだ」

「大阪？　大阪って関西《かんさい》？　そんなところから、こんな東京《とうきょう》のハズレまで、なんで来たの？　どうして？　どうやって？」

「なんでなくても、どこへでも行くんだよ。おれたち、かかしだから。里のかあさんたちが作ってくれたんだ」

「かかしーっ!?　作ったって？　うっそーっ。ふたりとも、生きてるじゃない。お話ししてるじゃない。だって、だって」

と、春菜はけんめいに言葉をさがした。

「かかしって、あの、田んぼでアホみたいにつったって、すずめなんか追っぱらうしか能《のう》のない、へのへのもへじのぼろっとした……」

おばあさんもツンツン男も、どっとふきだす。

「変《か》わんねえな、ねえちゃん」

「ねえちゃんっていうなっ」

「そんなに急に変《か》わるのも、気味がわるいですから」

おばあさんが、紙を一枚《まい》、そっと春菜《はるな》の手ににぎらせた。

——なかね　こはる

名刺《めいし》の名前を読んで、春菜がはっと顔をあげたとき、ふたりはもういなかった。

＊

発車のチャイムが鳴った。

たった二分しかたっていないなんて。

春菜はひとり、次の各駅停車《かくえきていしゃ》に乗った。

マーブルあめを口に入れかけて、やめにした。

文庫本を開きかけて、手をとめた。

本の表紙の二文字を、ぼんやりとなでた。——『妖怪《ようかい》』。

人間に会いたくない、人間でなければヨーカイだってかまわない。そんなふうに願《ねが》って電車にとびのったからだろうか。

春菜はきょう、人間でもないヨーカイでもない、〈かかし〉と名のるものに出会った。作られたものだ、とかれらはいった。でも、かぎりなくやさしかった。

また、会えるだろうか。

春菜は、本を、大事にかばんにしまった。

かれらに出会えたのは、なんといっても司馬遼太郎《しばりょうたろう》という作家の書いたこの『妖怪《ようかい》』のおかげだ。なんてことをいったら、作者は気を悪くするだろうか。するだろうな。内容《ないよう》をきちんと読んでもいないのだから。それとも、名作とはそういうものだ、そこにあるだけで、すでにじわじわとまわりに影響《えいきょう》をおよぼしているのだ、と、すまし顔でいってくれないだろうか。

そんなことを考えていたら、笑《わら》いたくなった。

笑おうとすると、顔の筋肉《きんにく》がつっぱった。

ここしばらく笑っていない。

目やくちびるを上下左右に動かして顔の運動をはじめたら、前の席《せき》からくすくす笑いが聞こえた。幼《おさな》い子どもが体をくねらせて笑っている。そばの若《わか》いおかあさんたちも、今にもふきだしそうな顔。

おもわず、春菜《はるな》はてれ笑いをもらした。

まっていたように、笑いがはじけた。

くらくらするような、ふしぎな気分だ。

『妖怪』の本は、いつか、きちんと読めるときがくるまで、大切に本箱にしまっておくことにする。

きょうは、この電車が行きつくところまで乗っていることにする。

3 夏樹《なつき》は、きっとまた会えると思った

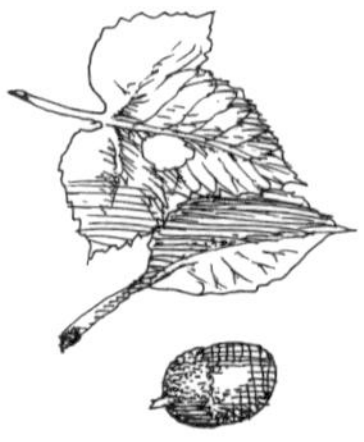

2010 秋

——しずかだね。

——しずかだね。

里はもう秋。

カエデやコナラの木から、赤や黄、茶色の葉がちりおちる。コナラやクヌギから落ちたどんぐりが、落ち葉の上で、ときおりはねる。

コロン……カサン……。

音が、いっとき、とだえる。

——とてもしずかだね。

——とてもしずかだね。

何度もかわされた会話が、きょうも流れる。

廃校《はいこう》になった小学校の校庭。

門柱のそばに置《お》き去《ざ》りにされた二頭の白い馬が、一頭は空を見上げ、もう一頭は草を食《は》みながら、ひっそりとたたずんでいる。二頭の馬は、十数年前の卒業生《そつぎょうせい》たちが、卒業記念《きねん》としてコンクリートで製作《せいさく》し、ペンキをぬって、小学校に贈《おく》ったものだ。


——それほどしずかだね。

一頭の馬がつぶやいて、

――それほどしずか……。

と、もう一頭も答えかけて、おもわず舌《した》をかみそうになった。

――ではない！

馬たちは、びっくりした。

そばに、男の子がひとり立っていたのだ、紺色《こんいろ》の着物を短く着て、げたをはき、まんまるい目をした男わらべが。

馬たちは、声をそろえていなないた。

――ヒヒーン！

「こんにちは」

と、男わらべは、ていねいに頭をさげた。

――この子には、わたしたちの声が聞こえるのか？

びっくりして馬たちは、ヒヒーン、ヒヒーンとなきつづけた。

「おれ、こういうもんや。よろしゅうに」

と、男わらべが四角い紙きれを出して見せる。

うれしくなった馬たちが紙きれをかじりかけると、それは、あわててひっこめられた。

「たべたらあかん。馬なんやろ？　それとも、ヤギなんか？」

男わらべは、二頭の馬の背《せ》をざらっとした手でなでた。

馬たちは、身ぶるいして、だんだんしずかになってくる。

「おれ、こういうもんや。〈かぜの　だいすけ〉っていうんや」

あらためて男わらべの見せる紙きれに、コンクリートの二頭の馬は、首

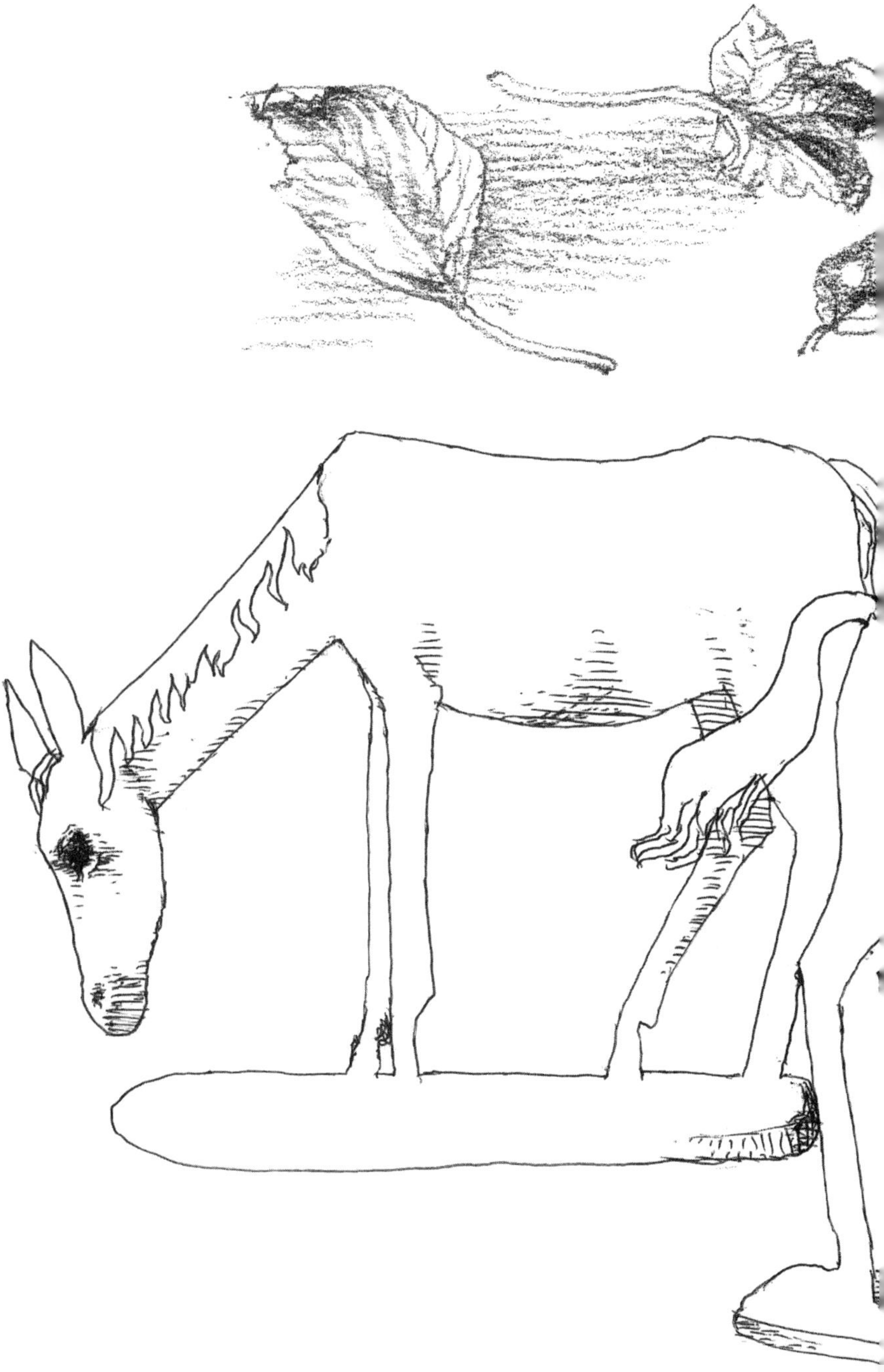

をかしげた。

「〈かぜの〉は、みょう字。名前は〈だいすけ〉。あんたらの名前、なんていうのん？」

名前？　あったような気がするが……。

「ないのやったら、つけてあげるで。そやけど、どっちが男で、どっちが女？」

馬たちは、思い出せそうで思い出せない。

「まあええわ。たぶん、元気に空を見てるのが男やろうから」

と、だいすけは指をおっていった。

さすけ、むさし、だいじろう、しかのすけ……。

時代劇《じだいげき》に出てくる名前のようだ。馬たちは首をかしげる。

それやったら、ジュン、イチロー、ナツキ、ハルオ、アキオ。
――ヒヒーン。
馬たちは、小さな声でないた。
「ちょっと自信《じしん》なさそうやけど、アキオが名前なんやな。そんじゃ、もう一頭は」
と、だいすけはまた、指をおっていった。
こぎく、こたけ、まつ、いと、すて……。
もっと昔の名前のようだ。馬たちはしらん顔をする。
それやったら、ユカ、マリリン、サラ、サトミ、サトちゃん。
――ヒヒーン！
二頭が大きくないた。

「ふーん。サトちゃんか。サトちゃんとアキオ、よろしゅうにな」

馬たちは、ヒヒーン、ヒヒーンとなきながら、だんだんと思い出してきた。

十数年前、六年生の卒業記念《そつぎょうきねん》に作られた馬は、メスが〈サトちゃん〉、オスは〈アキオ〉と呼《よ》ばれることになった。

メス馬の名は、ちょっとおとなっぽくて人気のある〈サトちゃん〉にすんなり決まった。

反対に、オス馬の名前は、なかなか決まらなくて、投票《とうひょう》することにした。〈アキオ〉と〈ハルオ〉が競《せ》り合《あ》った。同点が二回つづき、三回めにやっと決まった。ところがそのあと、ひそかにうわさが流れた。サトちゃんをすきな秋雄《あきお》が、村のおかしやのチョコレートを買い占《し》め、それをくばって票《ひょう》を集めたのだとか。じつは春雄《はるお》もサトちゃんをすきだったのに、この選《せん》挙《きょ》に負けて旗色《はたいろ》が悪くなったとか。決闘《けっとう》をすることになったが、腕《うで》ずもうでは秋雄が勝って、かけっこでは春雄が速《はや》かったとか。うわさに尾《お》ひれがついて、在校生《ざいこうせい》の間では、さまざまな伝説《でんせつ》がうけつがれていった。

二頭の馬の前にくると、だれもが尾ひれのついたうわさを思い出して、ふきだしたり、肩《かた》をすくめたりしないではいられない。

登下校のたびに、

「おはよう、アキオ」

「バイバイ、サトちゃん」

となでられているうちに、白いペンキがはげて、馬たちはまだらになった。何度かペンキはぬりなおされたが、廃校《はいこう》になった三年前からは、手入れをされることもなくなった。

東北のあの村この村では、都会に出ていく人が多くなり、子どもも少なくなって、廃校《はいこう》になる小中学校がふえていた。

＊

二頭の馬が、しみじみと思い出にふけっていると、とつぜん、だいすけがいった。

「なあ。おれといっしょに来《き》ぃへん？」

この小学校で聞きなじんだ子どもたちの言葉とはちょっとちがうけれど、なぜか馬たちの心にすっと入ってきた。

——どこへ。

「かかしの里へ」

——どうして?

空を見ている馬が、しりたがる。

「もう、さみしいことあらへんで」

——さみしい? わたしたちが?

おどろいて、馬たちは顔を見あわせた。

「おれ、ちょっと前から、あんたらを見ていたんや。そしたら、『しずかだね』『しずかだね』って、ずっといいあってる。何回いうたか、覚《おぼ》えとる?」

馬たちは、ブルンブルンと、たてがみをゆらした。

「『しずかだね』『しずかだね』をひと組としたら、一時間のうちに、二十組もゆうとるんや。そや、さっきのは、おれがびっくりさせたせいで途中《とちゅう》でとまったから、十九組と半分やけども」

それって、きっとさみしいせいや、とだいすけにいわれて、馬たちは、そうかあ、と思った。

「そやし、おれらの里へ来《き》ぃへん？　かかしの里へ」

だいすけは、馬たちの背《せ》をかわるがわるなでながら、語った。

ここからずっと西の方、大阪《おおさか》に〈なかねや★かかしの里〉、いうところがあるんや。そこで、おかあさんが、おれを作ってくれて……。

――ちょっとまって。作ったって、どういうこと？

空を見ている馬がさえぎる。

「おれ、かかしやで」

——だって……。かかしって、ほら、このあたりの田んぼで一本足で立っていて、すずめやひよどりたちから、実ったイナホをたべられないように守る、あれのことでしょ。

「あれもかかしやけど。いろんなかかしがいてるんや」

だいすけの話に、馬たちはひきこまれていった。

おれらの住んどるところではな。ヒトが亡《の》うなったり、都会に出たり、嫁《よめ》にいったりして、さみしゅうなると、かかしを作る。一本足やのうて、ヒトにそっくりに作る。それやのになんで、かかし、いうのか、だれもしってへん。ずっと昔からなんやて。体の中心がワラでできているからやとか、体のどっかにワラがつまっているからや、とかいう話も聞くんやけど。

人形ともちがう、ヒトともちがう。

昔はなつかしいヒトによう似《に》たかかしが多かったそうやけど、今はなんでもありや。そや、天使かておるで。そんでもって、名前をつけて、名刺《めいし》も作ってくれる。名字は、作ってくれたおかあさんとおんなじやったり、そうでなかったりしてる。

ヒトといっしょに、家の椅子《いす》や郵便局《ゆうびんきょく》のベンチにすわったり、田んぼの畦《あぜ》でくわを持って立ったりしているうちに、なんでやろな、芯《しん》から温《ぬく》うなって、いつのまにかヒトと話してる。話すっていうか、今みたいに、感じあうっていうか。

そいで、気ぃついたら、ここにきてたんや。さみしいって感じが届《とど》いたんやろか。

——馬は、いるの？

馬たちの言葉に、だいすけは首をふった。

「ねこもいぬもいるけど、馬は、まだいてへんな。そやけど、馬でのうても、ウマの合うやつはいると思うで」

——ウマい！　ざぶとんいちまい！

空を見ている馬が、すかさずさけぶ。調子が出てきたようだ。

「やっぱりぃ？」

と、だいすけも受ける。

「ウマの合うやつがいてへんかったら、ほかにもウマい話があるで。四国《しこく》の山あいや九州《きゅうしゅう》の里には、かかしの馬かていてるそうや。仲間ができて、ウマいこと赤ちゃんがうまれてウマウマいうて、馬のウバかて頼《たの》んで……。なんや、おれ、ようわからへんようになってきたわ」

ひとしきり、いっしょに笑《わら》いあった。

それから馬たちは、思い思いのほうをむいて、だまりこんだ。

だいすけもそばで、どんぐりをころがしはじめた。


しずかだった。

ずっとしずかなままなら、それもいいと馬たちは思っていた。

だけど、〈ずっと〉はないと、体のどこかで感じていた。

〈ずっと〉に終わりがくるのが意外に近いことをしったのは、ごく最近《さいきん》のことだ。

ついに村議会《そんぎかい》で、この小学校の取りこわしが決まったと、通りすがりの人たちが話しているのを聞いた。そのとき、二頭の馬がどうなるのか、そんなことまでは、もちろん話し合われなかったようだ。

ときおり、どんぐりが落ちる。

散《ち》りしいた赤や黄色の落ち葉の上で、小さくはねる。

カサン……コソン……

——しずかだね。

——しずかだね。

すっかり口ぐせになったセリフをつぶやきあって、二頭の馬は顔を見あわせた。

——もういいかな、このあたりで。

＊

二頭の馬が、うなずきあおうとしたとき、どどどっと大きな音がした。

男の子や女の子が、校庭にかけこんでくる。

「サトちゃん」

「アキオッ」

口々《くちぐち》にさけびながら、みんなで二頭の馬の首にかじりつく。

もみくちゃにされ、目をまわしながら、馬たちがよくよく見ると……。

子どもたち、ではなかった。おとなの男性《だんせい》と女性《じょせい》が三十人ばかり、もつれあって笑《わら》っている。

なかのひとりは、純白《じゅんぱく》のウエディングドレス。そばで、黒いタキシード

をきゅうくつそうに着て、これ以上《いじょう》ないほど大きな口をあけて笑っているのは、

――アキオ？

馬の声が聞こえたかのように、新郎《しんろう》がこたえた。

「そうだよ。おれ、秋雄《あきお》。きょうは、おれたちの結婚式《けっこんしき》だ」

――花嫁《はなよめ》は、サトちゃん？

サトちゃんが、笑いながらもきっぱりとうなずく。

「いっしょになれたの、おまえたちのおかげだよ」

秋雄がいえば、

「そうだよ。秋雄はサトちゃんだいすきで、ずっと変《か》わらないできたんだもんな、このやろっ」

と、のこり二十八人が秋雄《あきお》にとびつく。

あのときのクラスメートに祝福《しゅくふく》されて、サトちゃんと秋雄の結婚式《けっこんしき》が、きょう行われたらしい。みんな、気持ちよく酔《よ》っている。

花嫁《はなよめ》のサトちゃんは、空を見上げている馬の首をなでながら、そっとつぶやいた。

「ありがと、サトちゃん」


ええっ⁉　と、びっくりしたのは、〈かぜの　だいすけ〉だ。

空を見上げている馬が、サトちゃん⁉　こっちのほうが男っぽくて、てっきりオス馬やて思うたんやけどな。

「だれかいるみたいだ」

と、おおさわぎしていた三十人が、いっしゅん、しんとした。

「あれ、こんなところに、ねころがってるのは、だれ？」

やっとだれかが、だいすけに気がついた。

「あ、ヒト、じゃないよ」

「お人形さん？　でもないのかな」

「かっわいい」

と、また、笑《わら》いがはじける。

「だれかに似《に》てるようだけど」

「うん。おれたちの、だれか、しってるヤツに」

「なつかしい感じ」

「名刺《めいし》なんか持ってる。みてみて、〈かぜの　だいすけ〉だって」

きゃああっ、と、酔《よ》って陽気な三十人にもみくちゃにされ、くすぐったくて、かかしのだいすけは声にならない笑《わら》いをあげる。

馬たちが、だいすけに語りかけた。

——ありがと、だいすけ。もう少し、ここにいる。

——ありがと、だいすけ。もう少し、ここにいる。

だいすけにもわかった。

先に口をひらいたのが、空を見上げているメス馬のサトちゃんで、あとからついていったのが、草を食べているオス馬のアキオだということが。

ひさしぶりににぎやかな校庭のようすにおどろいたのか、すずめやひよどりがよって鳴きさわぐ。

チュンチュン

ピーヨピーヨ　ピーヨイーヨイーヨ！

――いいよいいよ、いうて鳴いてるみたいやから、またにするわ。

鳥たちの大合唱《だいがっしょう》に送られて、だいすけは村をはなれた。

＊

――りりしいのがサトちゃんで、アキオは、なんでもサトちゃんのいうとおりなんやで。

夏樹《なつき》のそばで、〈かぜの　だいすけ〉が、大きな口をあけて笑っている。

夏樹の住む町のとなり村に来たので、ちょっと寄《よ》り道したそうだ。

だいすけに、フェンスの間から頭をなでられて、クマはきゅいーんと甘《あま》たれ声をだす。

——公園の桜《さくら》も元気そうやな。

「うん。花のあと、葉っぱがたくさん出たんだ。おれ、毎日、桜に会いに行ってる。桜守《さくらもり》だから」

——もう、ウチにかえらへんとな。

「ウチって、どこ？」

——西のほうや。大阪《おおさか》に〈なか**ね**や★かかしの里〉、いうのがあるんや。

「そっち方面に、たしか親せきの家があるんだけど。まだ行ったことないなあ。遠いよね。こんな東北まで、とんでくるなんて」

——とんできてへん。

「あ、そうだった」

——気ぃついたら、そこやかしこにおるんや。仲間のかかしは、里の近くにいて、ぜんぜん動かへんのがいちばん多いんやけど。東京《とうきょう》に出かけるのもおるしな。ほんなら、また桜に会いに来るし。さいなら。

「いっちゃダメだっ」

夏樹《なつき》の声に、クマもはねおきて、うなり声をあげる。

まっ青な、雲ひとつない晩秋《ばんしゅう》の空。

夏樹とクマは、すいこまれそうな青い空にむかってさけんだ。

「まってるよ。来年春、きっと来てね。桜の花をいっぱい咲《さ》かせるからね。約束《やくそく》だよ」

「わわわわわん。きゅいんきゅいーん。きゅん……」

4　雪也《ゆきや》は、雪の日、ゆきだぬきに出会った

このごろではめずらしい大雪が、東京《とうきょう》にふった。
寒くて、雪也《ゆきや》は、朝早くに目がさめた。
雪のふる音が聞こえる。
しんしんしんしん

きのう、ゆきだるまを作りながら、ふと空を見上げると、聞こえてきた

2010 冬

のだ。
みんなに、そういったら、「うっそーっ」と笑《わら》われた。
しんしんしん
そんな字の形になって、
しんしんしん
そんな音をしずかに落としながら、雪はふりつづいた。
雪のふるなか、
「ほら、ぼんやりしないっ。作って作って」
と、春菜《はるな》にはげまされながら、雪也は、ゆきだるまを作った。
雪也と同じ、地元の小学校に通う同じ登校班《とうこうはん》の八人も、せっせとゆきだるまを作りつづけた。

家の門柱の前や通学路の道のはた、住宅街《じゅうたくがい》のはしっこに残《のこ》っている角の空地まで、ゆきだるまをならべた。

ぜんぶで九つ。

手が冷《つめ》たくて、かじかんで動かない。

「ここまで！」

春菜《はるな》がさけんだら、みんな、いっせいにストップした。

ほっとしたような顔が多かったから、きっと、春菜のひと言をまっていたのだろう。

雪也《ゆきや》の姉、春菜は、こわいヒトなのだ。

なんといっても、むずかしい私立《しりつ》小学校に、試験《しけん》を受けてひとりだけ入り、とびきり頭がいいとうわさされている。その上、背《せ》が高くて、六年生なのに中学生とまちがわれることも多く、少々《しょうしょう》あらっぽくて、なにを思いつくかわからないところもあって……。

「おお、ゆきだるま通り！」

とつぜん、歌いだしたのも、もちろん春菜だ。

ゆきだるま通り！

ゆきだるま通り！

みんなで、ついて歌ったら、毎日歩いたり走ったりしている通学路が、はじめて見るような、ちがった風景に変《か》わった。

家々《いえいえ》の門灯《もんとう》がぼんやり明るくて、ゆきだるま通りは夢《ゆめ》の世界のようだった。

＊

そんな、きのうのことを思いだしながら、雪也《ゆきや》は、朝早く、そっと窓《まど》のカーテンをあけた。

雪がふりつづいている。

――ゆきだるま、ほんとは、十こあると、よかったかも。

雪也は、なにげなく、ゆきだるまを数えはじめた。

ひとつ、ふたつ、みっつ……ここのつ、とお。

えっ？　びっくりして、目をこらした。

もう一回、かぞえてみた。

ここのつ……とお。

パジャマのまま、家をとびだした。

積《つ》もった雪にころびかけながら、雪也は角の空き地まで走った。空き地に一本だけ立っている桜《さくら》の樹《き》の下に、十このゆきだるまはあった。見たとたん、ぷっとふきだした。

「ゆきだぬき!」

十このは、それまでの、ここのつとはちがっていた。

頭の上にはピンとたった耳がふたつ。大きな下がり目は空を見あげて、ほおには松葉《まつば》のひげ。胸《むね》にはおっぱいがふたつ。短い手は頭の上に、大きなおなかの下にはおちんちんもついていて、足を前になげだして、ちょこんとすわっている。

見つめているうちに、なんだかふしぎな気分になった。

おっぱいがあったら女で、おちんちんがついていたら男のはずだろう。なんかへんだ。このたぬき、どっちなんだろう？

「これって、作った人がしらなかったのかなあ」

雪也《ゆきや》がつぶやいたら、ゆきだぬきが、下がり目をさげて頭をかいたようだった。

「それとも、ばけるの、へたなのかなあ」

下がり目をもっとさげて、ゆきだぬきは頭をかきつづけている。

雪也の笑《わら》い声をききつけて、ひとり、またひとりと子どもたちが家から出てくる。ゆきだるま通りは笑いでいっぱいになった。

最後《さいご》にあらわれた春菜《はるな》は、びっくりも笑いもしなかった。ふーん、としばらく腕《うで》をくんで見ていたが、低《ひく》い声でつぶやいた。

「作者はだれ？」

そんなことは気にもかけなかったみんなは、クシュンクシャンとくしゃみで返事をし、われさきにと家に逃《に》げかえった。かれらのことなど気にもとめないで、春菜は重々《おもおも》しくつぶやいた。

「これはゲイジツである」

ヤバイ。寒くて舌《した》もつれしている。

「これはゲ・イ・ジュ・ツである」

ひとことずつ区切りながらいいなおした。

「こんな芸術《げいじゅつ》作品を作れる人が、この近辺にいるとは思えない」

失礼《しつれい》にもダイタンにいいきって、

「そうなると、人間が作ったものではないのかもしれない」

と、いっそう強く腕《うで》をくんで、ゆきだぬきをにらみつけた。

雪は、一日中ふりつづいた。

学校からのかえり道、雪也《ゆきや》たち同じ登校班《とうこうはん》の一団《いちだん》は、ゆきだぬきの前で足をとめた。

「なんだか大きくなったみたい」

「うん。おなかが大きくなった」

「たぬきのはらづつみだ」

ぽんぽこ　ぽんの　ぽん

ぽんぽこ　ぽんの　ぽん

かさをなげだして、みんな、おどりはじめた。

雪也はふざけて、ぽんぽんと、ゆきだぬきのおなかをたたいた。

――イタイ。

びっくりして雪也は、あたりを見まわした。

だれも、聞こえていないようだ。

みんな、積《つ》もった雪に足跡《あしあと》をつけながらおどりまわっている。

「たぬきのはらづつみ、たぬきのはらづつみ」

雪也がもういちどゆきだぬきのおなかをたたいてみると、耳のすぐそばで声がした。

「イタイッていってるよ」

びっくりした。

いつのまにしのびよっていたのか、春菜《はるな》だ。

なんだよ、と雪也《ゆきや》がいうよりも早く、子どもたちがさけんだ。

「まっさかーっ。そんなはずないよ。たぬきのかっこうしているけど、ただのゆきだるまだよ。人が作ったもんだもの」

春菜《はるな》がにっと笑《わら》った。

「人が作ったって、どうしていえるの。作者をしってるの？」

子どもたちは、顔を見あわせた。

「しらないでしょ？　でしょ、でしょ」

「だったら、春菜さんはしってるんですか？」

背《せ》の高い春菜に、のびあがるようにして立ちむかったのは、雪也と同じ登校班《とうこうはん》の実果《みか》だ。六年生とはいえ、春菜よりずっと小柄《こがら》だ。

「しらない」

「だったら」

と、くいさがる実果に春菜は、上からふふふっとわらいかけた。

「たぬきの〈はらづつみ〉じゃなくって、正解《せいかい》は〈はらつづみ〉。最近《さいきん》の小学生、ほーんと、日本語、ろくにしらないんだからあ」

しょう　しょう　しょうじょうじ
しょうじょうじのにわは
ツ　ツ　つきよだ
みんなでて　こいこいこい

春菜は、マーブルあめを片《かた》ほおに移動《いどう》させ、大きな声で歌いながら遠ざかる。

春菜《はるな》が家に入ってからも、歌声がそのあたりにただよっている。

なんてったって、春菜はこわいヒトなのだ。

かかしとだって話ができるんだと、ときどき雪也《ゆきや》に自慢《じまん》する。

「かかしーっ?」

われにかえって、実果《みか》は、雪也につめよった。

「かかしって、あの、田んぼに一本足で立っていて、お米がすずめなんかにつつかれないように見はってる、あれのこと?」

四年生の雪也にとって、いくら小柄《こがら》とはいっても、六年生の実果はじゅうぶんにこわい。のけぞりながら、つぶやいた。

「たぶん……」

「だって、かかしが口をきくはずないでしょ」

「春菜ねえちゃんに聞いて」

と、あとじさりした雪也は、ドタンと雪の中にしりもちをついた。

――イタイ?

雪也がさけぶ前に、声がした。

雪也は、ゆきだぬきの前までズルズルとはっていった。

やっぱりおまえだね。

ゆきだぬきは、大きな下がり目で雪也を見ている。

「イタイってしかいえないの? ま、いいけど」

雪也はやつあたりした。ゆきだぬきは、こまったような顔で頭をかきつづけている。

＊

しんしんしんと雪がふる。

おいらのともだちァ
ぽんぽこ　ぽんの　ぽん

小さな歌声がひびいて、みんな、ふりむいた。
雪にまみれて、着物姿《すがた》の見しらぬおばあさんが立っている。
ガラッと、春菜《はるな》の部屋の窓《まど》があいた。
ガラガラッと玄関《げんかん》の戸があいて、春菜がとびだしてきた。

「おばあちゃん！」

と、春菜は、小さなおばあさんをおもいきりだきしめた。

「おばあちゃん？　うっそーっ」

雪也《ゆきや》の声はうらがえった。

春菜のおばあちゃんってことは、雪也にとってもおばあちゃんだということで……。だけど、父さんの方も母さんの方も、おばあちゃんはふたりとも死んでしまって、もういない。

それなのに、目の前の小さなおばあさんは、なんのふしぎもないような顔で、春菜に語りかけている。

「やさしくできていますか。気持ちのいい言葉で話していますか」

「ぜーんぜん！」

すばやく答えるのは、同じ登校班《とうこうはん》の子どもたち。

「うるさい！」

と、春菜《はるな》。

おばあさんは楽しそうに笑《わら》った。

「あいかわらずですね」

「あいかわらずこわいよーっ」

こんども、子どもたちの大合唱《だいがっしょう》。

もうなにもいわないで、おばあさんは春菜の背中《せなか》をなでつづける。

しばらくして、考えかんがえ、言葉をだしたのは実果《みか》だった。

「でも、春菜さんは、さっき、まちがったことはいいませんでした」

みんなが、ぽかんと口をあける中で、

郵便はがき

おそれいりますが
切手をおはり
ください

160-0015

[受取人]
東京都新宿区大京町22-1

株式会社そうえん社
編集部 行

http://soensha.co.jp

●愛読者カード

お名前		男・女	歳
ご住所	〒□□□-□□□□ 都道府県		
お電話番号			
E-mail			

ご記入いただきました個人情報（お名前やご住所など）は、今後の企画の参考のためにのみ利用させていただき、6か月以内に破棄します。

お買い上げありがとうございます。今後の出版企画の参考にいたしたく存じます。
この本についてのご感想や弊社に対するご意見・ご希望などをご記入ください。

この本の書名を お書きください	

●この本をお買い求めになったきっかけは？

1. 書名がよかったから　2. 表紙がよかったから　3. 内容がおもしろそうだから
4. 著者のファンだから　5. 先生や友だちにすすめられて　6. 書店ですすめられて
7. その他（　　　　　　　　　　　　　　　　　　　　　）

●この本でよかったと感じたところは？

内容について（とてもよい・よい・ふつう・わるい・とてもわるい）
カバーについて（とてもよい・よい・ふつう・わるい・とてもわるい）
イラストについて（とてもよい・よい・ふつう・わるい・とてもわるい）
定価について（とても高い・高い・ふつう・安い・とても安い）
本の大きさについて（大きい・よい・小さい）
その他（　　　　　　　　　　　　　　　　　　　　　）

●最近おもしろかった本・マンガ・できごとは？

●この本についてお気づきの点、ご感想などを教えてください

ご協力いただきありがとうございました。

「とってもこわいんですけど」

と、つけくわえるのを忘《わす》れなかった実果に、笑い声がおこる。

おばあさんは、春菜に何度もうなずいた。

「お友だちができましたね」

「お友だちーっ？」

春菜がさけぶ。

実果も、ぶんぶんと頭をふる。

「ふたりとも似《に》ていますよ。正直で、なかなか強そうで。周囲《しゅうい》にはわかってもらえないことも多いでしょうが、おたがいはきっとわかりあえるようになりますよ」

春菜と実果は正反対の方角に顔をそむけあって、ふたりの間に雪はふる。

しんしんしん

「おばあちゃん、きょうも、だれかのおむかえなの？」

春菜《はるな》の言葉に、おばあさんは、首をかしげた。

「呼《よ》ばれたような気がしたのです。ずっと前に、このあたりで子だぬきが迷子《まいご》になったことがありましたでしょ」

「あ、しってる、しってる」

と、みんな、だんだんに思い出してきた。

このあたり一帯《いったい》は、かつて大きな雑木林《ぞうきばやし》だった。

開発が進み、樹《き》が切られ、家がたち、町ができた。

家々《いえいえ》が急速にふえていっている間、よく、たぬきのうわさを耳にした。

気がついたら庭に大きな穴があって、たぬきが出入りしていたとか。庭の踏《ふ》み石で大だぬきが昼寝《ひるね》をしていたとか。夫婦《ふうふ》があいさつをして通りすぎるので、はて、どこの方だったかしらとふりかえったら、しっぽがあったとか。いずれも、スミマセンって顔をして頭をかきながら消えてしまったそうだが……。

桜《さくら》の老木《ろうぼく》いっぽんを残《のこ》して、空地になった住宅街《じゅうたくがい》の角地。そこの家でひっそりと暮《く》らしていた一家がひっこしてから、たぬきのうわさは聞かなくなったような気がする。ちょうど今、ゆきだぬきの立っているところが、夫婦と子どもの三人で住んでいた家の前だ。

「だったら、あの一家がたぬきだったってこと?」

「ひっこしは、おとうさんとおかあさん二人だけだったような……」

みんなそろって、ゆきだぬきを見つめる。

「この子が行方不明《ゆくえふめい》になったから、一家はひっこしたの？」

「あきらめて？」

「たぬきの住みかを、ぼくたちがうばってしまったんだ」

「がっかりしたのかなあ。わたしたち人間に？」

だけど昔の話だよ、とだれかがいいかけたら、春菜《はるな》と実果《みか》の声がそろった。

「それで終わって、いいわけじゃない」

そのあとは、

「たぬき汁《じる》にして食ったヤツがいるんだ。ゆるせない」

と、春菜。

「さがしましょう。さみしい思いをしているはずだから」

と、実果。

つづくセリフはちがったが、ふたりは、そっぽをむいたまま、うなずきあっている。

やさしい子たちだこと、と、おばあさんはほんのり笑《わら》った。

＊

気がつくと、おばあさんはいなかった。

あれーっ？　どこにいったの？　とひとしきりさわいだが、みんなはすぐに納得《なっとく》した。

「ユーレイだね」

かかしだよ、といいかけて、春菜《はるな》はにんまりわらった。
教えてやるのはもったいない。
みんなの関心《かんしん》ごとは、もう次にうつっていった。
行方不明《ゆくえふめい》の子だぬきは、男の子だったのかなあ、女の子だったのかなあ。
だって、このゆきだぬき、おっぱいもあるし、おちんちんもついているし。
な？　な？
がまんできなくて、春菜は、親切にも教えることにした。
「んなことはどうだっていいんだよ。なんてったって、これはゲイジツ！」
マズイ。寒いせいか、また舌《した》もつれしている。
春菜はみんなに背《せ》をむけた。
うしろから、実果《みか》の視線《しせん》がついてきている、ような気がする。

「うわあ、ゆきだぬきが消えた」

雪也《ゆきや》たち同じ登校班《とうこうはん》の一団《いちだん》からさけびがあがった。春菜は肩《かた》をすくめたが、そのうち、また平凡《へいぼん》な結論《けつろん》に落ちついたようだ。

「やっぱり、ゆきだるま、もとから九こだったんだよ」

「そうだよ、そうだよ」

それがかかしってもんだよ、といいたいのを、春菜はがまんする。

そして、〈なかね　こはる〉は〈かねこ　はるな〉。おばあちゃんは、わたし。わたしは、おばあちゃんだ。

こんなこと、わたし以外《いがい》に、だれかわかるだろうか。

たとえば、実果は？

ふりむきたいのをがまんする。

弟はどうだろう、と思ったとたん、春菜《はるな》は、ふりむかないではいられなかった。

雪也《ゆきや》はひとり、ゆきだぬきのいたところを、しんと見つめている。

ゆきだるま通りに雪がふる。

しんしんしんしん

ところがね。

いろんな〈かかし〉が
いるようだ。

5　実果《みか》は、このまま行きたいと願《ねが》った

2011　春

春の朝。

住宅街《じゅうたくがい》のはしっこから、白っぽいものがとんでくる。

住む人のいない角の空地に、いっぽんだけ残《のこ》った桜《さくら》の老木《ろうぼく》が、花びらを散《ち》らしはじめている。

散るのが、早すぎるような気がする。

そんなことを思いながら、ポストからハガキをとりだそうとした実果《みか》は、

家の前を行ったり来たりしている春菜《はるな》と目があった。

「みーかちゃん。きょうは銀座《ぎんざ》につれていってあげよう！」

ねこなで声に、実果はかたまった。

どうして、わたし？

銀座って、なによ？

いつからまっていたのだろう？

頭の中が、〈？・〉マークでいっぱいになる。

いやだっていわなきゃ、と思うまもなく、第二《だい》弾《だん》の直撃《ちょくげき》。

「早くして。銀座まで一時間はかかるんだから」

「そんな。なんで」

「いっといたじゃない。きょうが、かかしまつりの最終日《さいしゅうび》だって」

「聞いてません！」

「そうだっけ」

実果《みか》はそっぽをむいた。

銀座《ぎんざ》でかかし？　なんで、かかし？

東北が大地震《おおじしん》と大津波《おおつなみ》におそわれて、まだひと月もたっていない。遠くはなれていると思っていたけれど、東京《とうきょう》だって余震《よしん》がつづいている。今だって、ほら、どうかするとゆれている、ゆらゆらゆらと。なのに、かかしまつりだなんて。ばっかみたい。

だけど、と、実果は横目で春菜《はるな》をうかがう。

あと何日かしたら春休みが終わる。そうしたら、実果は春菜と地元の公立中学校で顔を合わせる運命にあるのだ。春菜は、とつぜん小中一貫《いっかん》の私《し》立《りっ》女子校を小学校だけでやめて、地元の中学校に通うことにした。だれだかに何だかにかみついたとかってうわさで……。それに、かかしとだって話ができるってうわさもあって……。

「はい。十分で用意！」

つられて実果は家にかけもどり、時計を見た。ジャスト十時。

服を着がえかけたが、やめにする。そんな気分じゃない。着なれたブルーのシャツに黒いパンツ。春菜だって似《に》たようなかっこうだ、と思いながら、黒い無印《むじるし》のジャンパーをはおる。いっしゅん、まよったが、くつだけは、赤い新しいのをはいた。

「すごーい、八分五〇秒。中学ではいっしょに陸上部《りくじょうぶ》に入ろう」

「入りません！」

＊

電車に乗って一時間あまり。地下鉄との相互《そうご》乗り入れで、もよりの駅から銀座《ぎんざ》まで一本で行かれるようになった。

余震《よしん》で地下鉄が止まったら、どうしよう、と、実果《みか》はドキドキしていたが、定時に到着《とうちゃく》。地上に出ると、春の霞《かすみ》がどんよりと重くたなびいていた。

「ヒトがいっぱい」

頭に手をかざして、きょろきょろする実果に、春菜《はるな》は苦笑《にがわら》いする。

「あんねえ。おばあさんのようなことといわないで」

と、髪《かみ》をさっとひとなでして、さっさと歩きだした。

「四丁目の交差点に交番があるから、会場はどこか聞いてみよう」

銀座一丁目から三丁目をかけぬけ、横断歩道《おうだんほどう》をわたって交番の前で、春菜は、うしろ向きに立っているおまわりさんの肩《かた》をパタパタとたたいた。

「わあ、だいたん！」

春菜が、おいでおいでをするので、実果もおそるおそる近づいて、前にまわると――。

「お人形さん⁈」

白い布地《ぬのじ》のおまわりさんの顔は、目じりをさげてにこにこ笑《わら》っている。紺色《こんいろ》の制服《せいふく》に紺色の帽子《ぼうし》、ちょっとかしげた頭に前かがみの体は、どこまでもヒトに似《に》ている。

実果は、あたりを見まわした。

そばの喫茶店《きっさてん》のテラスには、ひとつのグラスに二本のストロー、ほおをよせあってジュースをのんでいる恋人《こいびと》たち。彫刻《ちょうこく》のネコをなでながら、人待ち顔のおねえさん。交番によりかかってケータイをかけつづけているのは、目つきの悪いおにいさんで、

「みんな、かかし」

と、春菜《はるな》はいった。

「人形でしょ」

「ちがうの」

「どうちがうんですか」

しーらない、と頭をふりながら、春菜はぐっと声をひそめた。

「実果《みか》はさ。かかしって、一本足で田んぼにつったっている、あのへのへのもへじだけだと思ったりしてない？」

「してます」

「かかしにも、いろいろ事情《じじょう》があるの」

「どんな」

「動いたりもするの」

「まさか」

「お話だってするの、したよね」

こんどは実果が、ぶんぶんと頭をふる番だ。

春菜にひきずられるようにして、実果は、会場を見てまわった。

銀座《ぎんざ》一丁目から八丁目までの道のはしやビルの前、木々《きぎ》のうしろなど、会場はあちらこちらに散《ち》らばっていて、思いがけないところから、かかしが顔をのぞかせている。

「こっちはどっかの大魔女《おおまじょ》で、あっちは日本版《ばん》の雪女とやまんば」

大きなデパートの玄関《げんかん》を守るライオンのそばに立つのは、

「ナルニア国のルーシィさん！」

かかしの胸《むね》にさがった名札《なふだ》を見ても見なくてもわかりそうなことを、すまして説明《せつめい》する春菜《はるな》は、きょうはじめて来たわけではないようだ。どこにだれがいるのか、よくしっている。

「黒いマントの美しい伯爵《はくしゃく》は、バレエの『白鳥の湖』第三幕《まく》にただ今出演《しゅつえん》中《ちゅう》」

おもわず実果《みか》は、聞きしったメロディーを口ずさんでいた。

ミーラシドレミー

お話だって、しっている！

お城《しろ》の王子さまが、この伯爵の呪《のろ》いで白鳥に変《か》えられたオデット姫《ひめ》に恋《こい》をする。それを見た伯爵は、ふたりの結婚《けっこん》のじゃまをしようと、自分のむすめをオデット姫に化けさせてお城の舞踏会《ぶとうかい》に送りこむ。むすめは、オデット姫の白鳥に対して、黒鳥《こくちょう》と呼《よ》ばれていて……。

と、思うまもなく、春菜にひっぱりまわされ、実果はまた息切れしながら、あっちの通り、こっちの通りと走りまわった。

人力車《じんりきしゃ》に乗ったきんらんどんすの花嫁《はなよめ》さんもかかし、それをパチパチと写真にとっているカメラマンもかかし。桃太郎《ももたろう》、金太郎《きんたろう》、浦島太郎《うらしまたろう》もいれば、最近《さいきん》テレビでよく見るアイドルたちもいる。「すごい！」を連発《れんぱつ》しているうちに、実果は、各地《かくち》から集まったヒトにそっくりなかかしたちに、だんだんとふしぎな気分になってきた。

今、ここに、ヒトと同じくらい多くのかかしがいる。

だけど、人々《ひとびと》はうつむいて、あわただしく通りすぎるだけで、おどろくようすもない。気づいてさえいないのかもしれない。

かかしたちは、ヒトよりずっと生き生きして見える。今にも動きだしそうだ。もう動きはじめているのかもしれない。そっとふりむいたら……。

かかしたちが身じろぎしたようで、実果《みか》は春菜《はるな》にしがみつく。

「うん？　おなかすいたの？」

春菜のとぼけた反応《はんのう》に、実果は、おもわずつんのめった。

昼食にシェイクとハンバーガーをたべたあと、春菜はどうしてもデザートをおごると、いいはった。

まだ肌寒《はだざむ》い春の午後。

店外のベンチで、ジャンパーのファスナーを上げながら実果がまっていると、両手に長い棒《ぼう》のようなものを持ち、はりつめた顔で、春菜がそろそろと歩いてくる。両手ににぎられた二本のうずまき型《がた》の長い棒を見て、実果はふきだした。

ソフトクリームだ。

クリームの高さだけで、ゆうに二〇センチをこえているような！

「ナイショだよ。むりやり、ダブルにしてもらったんだから」

「ダブルなんて、アイスクリームだけかと……」

いっている間にも、とけおちそうで、実果はあわてて、その一本に上からかぶりつく。

バニラが口の中でとける。とろりとあまい。おいしい。冷《つめ》たい。

でも、ゆっくりはしていられない。とけはじめた。

わしゃわしゃとたべた。

きた……。きたきたっ。きーんと鼻の奥《おく》がいたい。冷たすぎる。体中じんじんして、肩《かた》をすくめて、じだんだふみたい気分。

あたりがクリーム色にかすんだ。

春菜《はるな》を見やれば、とけたクリームが手に落ちて、それにも気がつかないふうに、ぼんやりとあたりを見まわしている。めずらしいことだ。だれかをさがしているのだろうか？　でも、そんなことにかまっていられないほど、実果《みか》もまた、きみょうな気分のなかにいた。

かかしたち、こわい。でも、もういちど見たい。見ないではいられない。

春菜をさそって、いっしょに見てまわった。

それでもまだ、満足《まんぞく》できなかった。もう一回、と、心がはやった。

春菜をせかして、銀座《ぎんざ》のすみからすみまで走りまわった。

あともう一回だけ、と実果がいうよりも早く、春菜はバンザイをした。

「もうムリーッ。つかれた。あきた。ひとりでまわっておいで」

春菜は、交番横の喫茶店《きっさてん》のテラスに入りこみ、恋人同士《こいびとどうし》のかかしにもたれて、すっかりかかしになりすましている。

春の日は暮《く》れかけて、西の空がとろりと赤い。

実果は、ぎゅっと目をとじた。

目をあけると消えていた。ビルも並木《なみき》も人々《ひとびと》も、春菜までも……。

野原が、どこまでも広がっている。

*

あたり一面、とろりと赤い。
夕日がとろとろ赤いなか、かかしが輪《わ》になっておどっている。
——迷子《まいご》のおじょうさん、いっしょにどうぞ。
おまわりさんに手をとられ、実果《みか》もおどりの輪《わ》に入る。
みんながおどる。みんなでおどる。
実果もぴょんぴょんはねまわる。かるい。赤いくつがかるい。
黒いマントの伯爵《はくしゃく》が、実果の前に音もなく立った。
ロットバルトの名が真紅《しんく》に染《そ》めぬかれた、黒いマントの胸《むね》に手をあてて、伯爵は優雅《ゆうが》に一礼《いちれい》。実果をおどりにいざなった。

あやしいほどに美しい伯爵に手をとられ、考えるまもなく、実果はつっと爪立《つまだ》ちしていた。

伯爵が、くるりと実果をまわす。

実果はくるくるまわりだす。

一回、二回……十回……。

気がつけば、実果はひとりでおどっていた。輪からはなれて、まわる、まわる。黒いジャンパーに黒いパンツ。足だけ赤い黒鳥《こくちょう》だ。

十三……二十……三十二回。

止まらない。足が勝手にはねまわる。

五十回……百回……。

Rothbart

赤いくつがおどりつづける。
赤い世界がとろりととけて、暗さがじわじわよせてくる。
それでも、くつは止まらない。
まわりの景色《けしき》がぼんやりかすんで、今はただ伯爵《はくしゃく》とふたりきり。
伯爵はふたたび実果《みか》の手をとった。
——姫《ひめ》よ。
深くやわらかい伯爵の声。
——いっしょに来るがよい。わたしのむすめよ。
黒いマントにつつまれて、とろりと実果はうなずきかける。
とつぜん、となりで野太い声がした。
——こっちだよ。

髪《かみ》のツンツン立った男がおどりでて、実果を黒いマントからひきはがそうとする。実果はあらがった。

「いやだ。はなして。行かせて！」

黒いマントはいっそうやわらかく実果にまとわりつき、ツンツン男は実果をうばいかえそうと、ぎりぎり歯がみする。

ミーラシドレミードミード

——目をさませったら。ねえちゃんよう。

——ねえちゃん?! そんな言葉似合《にあ》わない。わたしは姫。姫なのだから。

ミーラドラファドラーーーーーーーーーーー！

——いっちゃだめだ。小さいねえちゃん。

ドックンドックン、胸《むね》が鳴りだす。

だったら、大きいねえちゃんもいるってこと？

＊

思ったとたん、実果《みか》は四丁目の交番の前にすわりこんでいた。

「おそいよう、実果」

喫茶店《きっさてん》のテラスでひとり、春菜《はるな》はあくびまじりにいう。ついでに、実果のそばにつっ立っている男にも同じセリフであいさつをする。

「おそいよう、ツンツン男」

――ツンツン男っていうな！

「だったら、これからは、ねえちゃんっていうな！」

春菜と男はにんまり笑《わら》いあう。

——そうだ。ここで今、ガラの小さいねえちゃんに会ったから、これからは、大きいねえちゃんって呼《よ》ぶことにしよう。

「うるさい、うるさい！」

ひとしきり、さわいだあと、春菜は早口にいった。

「おまつりの間、通いつめたんだよ、四日間も！　ここに来たら、あんたやこはるおばあちゃんにきっと会えると思ったんだ。参考書《さんこうしょ》を買うってウソついて、それを交通費《こうつうひ》にあてたんだから」

——わりいわりい。いそがしくってよ。このまつりには、今回、〈なかねや★かかしの里〉から参加《さんか》の予定はなかったんだけどな。〈いま　いくぞう〉はどこだーって、バカでかい声で呼ばれたからよ。

「ちょっと呼んでみただけだよ。最終日《さいしゅうび》になっても来ないんだから」

それから、春菜《はるな》は、にっとわらった。

「だけど、ふーん、あんたの名前、そんな意味だったんだ」

——ああ、いつでもどこでも助けにいくぞうってな。おれ、小さいころ、消防士《しょうぼうし》になりたかったんだ。

それから、ツンツン男は、満足《まんぞく》そうにいった。

——まにあって、よかった。まつりともなると、ときに魔《ま》のものもまじる。そいつらはきっとワラで作ってもらってないんだろうよ。

「うんうん。ワラは神聖《しんせい》なものだからね」

「神聖ってなんですか」

と、まだすわりこんだままの実果《みか》が、とつぜん、顔をあげた。

春菜が、めずらしくていねいに説明《せつめい》をする。

「昔からお米や麦は、人の命の源《みなもと》となる大切で神聖なものだった。その稲《いね》や麦の茎《くき》をかわかしたものがワラってわけだから」

「わたし、朝はパンをたべるんですけど、バターとかジャムとかぬっても、神聖でありつづけるんですか」

「もうやだ」と、いいかけて、春菜は、またにっと笑《わら》った。「わすれてた。実果とはいっしょの中学に通うんだった。よろしくね」

気がついたら、ツンツン男のすがたがない。

「わたしまだ、ありがとうもいっていないのに」

「きっと、またどこかで会えるよ」

ほらっと春菜の出した手を、実果はぎゅっとにぎって立ち上がる。赤いくつは、ぼろぼろになって原形《げんけい》をとどめていない。くつをほうりだし、春菜の手をにぎりしめて、実果《みか》はよろよろと歩く。

ぽつりぽつりと、実果は語った。

「春菜《はるな》さんが通っていた私立校《しりつこう》の中学の部、受験《じゅけん》して、わたし、みごとに落ちました。発表の日、結果《けっか》を見に行く前に、どうしてだか赤いくつを衝動買《しょうどうが》いしました。受かったら、それをはいて家族いっしょに銀座《ぎんざ》で食事をしようって。落ちてから、景色《けしき》がへんに白っぽくて。息がすいこめなくて。東北では大地震《おおじしん》が起こって人々《ひとびと》が亡《な》くなって。東京《とうきょう》もぐらぐらゆれて。どうしたらいいのかわからなくて。入試《にゅうし》に落ちるようなわたしだから、なんにもできない、誰《だれ》にも必要《ひつよう》とされない、役に立たない。赤いくつをはいておどり狂《くる》って、ひとりでどっかに行ってしまおうと思っていました」

春菜は、つないでいる手に、ぎゅっと力をこめた。

しばらくして、実果は、気をとりなおしたようにつづけた。

「春菜さんは小学校からあの私立校《しりつこう》に通っていたでしょ。どうして、とつぜんやめて、公立中学に行くことにしたんですか」

「オベンキョについていけなくなった」

「うっそーっ。偏差値《へんさち》、すごいって」

「あきた」

「えっ?」

「わたしを評価《ひょうか》する言葉は、過去《かこ》何年間か、そればっか。ほかにもいっぱいあるじゃない? 美しい、心優《こころやさ》しい、礼儀《れいぎ》正しい、親切、エトセトラ」

「はあ?」

「だから、おもいっきりかみついて、さっさとやめた」

「きゃっ」

実果《みか》は、目を輝《かがや》かした。

「かみついたってうわさ、ほんとうだったんですね。だれを？　どこを？　手？　耳？　鼻？　口？　あ、口だったらキスってことになっちゃうかも」

春菜《はるな》はふきだした。

「あんた、それでは、入試《にゅうし》、落ちるはずだよ」

実果は、ポシェットから電子辞書《じしょ》をとりだす。

「あったあった。〈かみつく〉の意味は？　①かんではなれずにいる。食いつく。②くってかかる。はあ、②の意味だったんですね」

マーブルあめを口に入れかけて、春菜はやめた。そっぽをむいたまま、たずねる。

「あんたの辞書には、タメ口《ぐち》ってないの？」

「あ、それっていいかも」

実果は、ふっとわらった。

「それでいこうぜ、大きいねえちゃん」

「ねえちゃんっていうなっ」

実果は、ふと、うしろをふりかえった。

ぼんやりとにじむ街灯《がいとう》の下を、いそがしそうに行きかっているのは、ヒト、ヒト、ヒトばかりだ。またしっかりと手をつなぎなおし、実果は春菜といっしょに、銀座《ぎんざ》をぶらぶらと歩きはじめた。

長い影《かげ》と少し短めの影が、近づいたりはなれたりしながら、ゆらゆらとついてくる。

6 夏樹《なつき》は、大地震《おおじしん》のあと、ふるさとをはなれた

2011 初夏

ここ何日か、〈なかねや★かかしの里〉にふりつづいていた雨が、やっと小ぶりになった。

きょうは、この里の近くに店をかまえる〈カレー家《や》〉から、コックかかしがかえってくる日だ。

白いコック帽《ぼう》に白いコック・コート。そんなパリッとした姿《すがた》で朝早くか

ら夜おそくまで店の前で看板《かんばん》をつとめているコックかかしが、まつまもなく、季節《きせつ》の衣《ころも》がえのために里帰りをしてきた。

梅雨《つゆ》があければ、暑い夏。

衣がえ用にと、さっぱりとすずしげな夏用の生地《きじ》が用意されている。

ひとつのかかしは、ひとりのおかあさんが作る。

コックかかしの生みの親である中根《なかね》かあさんは、広い共同作業所《きょうどうさぎょうじょ》にコックかかしを運びこみ、そっと戸を閉《し》めた。

「おつかれさんやったなあ。あした、寸法《すんぽう》をはかりなおして着がえをぬうさかいな。きょうは、ゆっくりおやすみ」

戸が閉まったとたん、コックかかしは、明るい声にむかえられた。

――おじさんって、おいしいにおい。

見おろすと、小さなかかしの男の子が立っている。赤いちょうネクタイをしめた男の子は、にこっと笑《わら》った。

――そうかい。

と、コックかかしも、つられて笑った。

――なんといっても、おじさんは〈カレー家《や》〉のかかしだからね。いろんなカレーのにおいが体にしみこんでいるんだろうね。

男の子は、また、にこっと笑った。

――ぼく、カレーのにおいって、だいすき！　お店のカレーのメニュー、みんな、いえる？

もちろんだよ、とコックかかしは、胸《むね》をはった。

――メインは本格《ほんかく》インドカレーでございますが、人気メニューは、チキンカレー、ハンバーグカレー、カツカレー。ご婦人《ふじん》がたには野菜《やさい》カレーを各種《かくしゅ》とりそろえており、なかでもトマトカレーは、毎日品切れになるほどの人気でございます。ええ、お子さま方には、カレーパン、カレーコロッケなどの盛《も》り合《あ》わせのご用意もありますし、上にのせる、世界各国《かっこく》、おこのみの旗《はた》もとりそろえております。

すっかり店のマスターの営業口調《えいぎょうくちょう》になって、コックかかしはおごそかにしめくくった。

――いいなあ。

男の子はうっとりとなる。

――おばあさんも、カレーを作ってくれるかなあ。

男の子は、そっとコックかかしにうちあけた。

今夜、かかしの男の子は、ひとり暮《ぐ》らしのおばあさんのところに、孫《まご》かかしとして贈《おく》られることになっていた。

孫かかしの生みの親・本木《もとき》かあさんはカレーがだいすきで、作業中《さぎょうちゅう》はいつもカレーを煮《に》こみながら、おいしいにおいをただよわせていた。

——だけど、おばあさんってね、あんまりカレーなんて食べないんじゃない？

——なるほど、なるほど。

コックかかしも、〈カレー家《や》〉に行ってしばらくは、落ちつかなかった。

孫かかしとは反対の意味で。中根《なかね》かあさんの家は和食が多かったので、しばらくは店のカレーのにおいが強すぎた。

それでも、すぐになれた。

——だいじょうぶだよ。

と、力強く、孫かかしにうけあった。

——そうかなあ。

——そうだよ。きみが笑《わら》うと楽しいから。

少しばかり、かみあわないまま、会話は進む。

——おじさんだってね、きょう、ここにかえってきたとき、ひさしぶりだったから、ちょっとドキドキした。そうしたら、きみが話しかけてくれて、にこっと笑ってくれたから、すぐに楽しくなった。

孫かかしは、にこにこっと笑った。

コックかかしも、いっしょに笑った。

その笑《わら》い顔。いいねえ。
そこでコックかかしは、最後《さいご》を名セリフできっちりしめようと考えた。
——行った先で幸《しあわ》せにおなり。
だけど、孫《まご》かかしに先をこされて、おもわずずっこけた。
——ねえねえ、さっきのメニュー、もういっかいやって！

＊

もういっかい！
もういっかい！
孫かかしは、にこにこしながら、何度でもお願《ねが》いをする。
もうひゃっかい！

――お、お子さま、が、がた、がたがたには、おこのみやき、ち、ちがった、なんかへん、おこのみのはたはたはた……。

くりかえしカレーのメニューを語ってきかせたコックかかしは、よれよれになった。孫かかしが、むかえに来たおばあさんといっしょに出ていったとたん、目がまわった。

バターン、とうしろにたおれた。

だれもいない、共同作業所《きょうどうさぎょうじょ》。

天井板《てんじょういた》をはずしたむきだしの屋根裏《やねうら》から、笑い声がふってくる。

キャラキャラキャラキャラッ

ヒソヒソヒソ

遠い昔の子どもたちの声を、コックかかしはひさしぶりに聞いた。

〈なかねや★かかしの里〉の共同作業所《きょうどうさぎょうじょ》は、かつて小学校の講堂《こうどう》だった。廃校《はいこう》と決まった小学校の木造《もくぞう》の講堂をゆずりうけたのは、中根《なかね》かあさんのおじいさんの時代で、どんないきさつがあったのか、もうだれもおぼえていない。

広くて天井の高い講堂は、おじいさんや父親にとって、べんりな収納《しゅうのう》スペースだった。かべぎわのすみっこからたなを組みあげて、肥料《ひりょう》や農具を収納した。品がふえるたびに、たなやケースがふえて、講堂の三分の一は中二階になった。おばあさんや母親は、もう使わないけれど捨《す》てるのはもったいない品々《しなじな》をせっせと運びこんだ。びょうぶに扇風機《せんぷうき》、桐《きり》のたんすに古時計。代々《だいだい》の子どもたちが使った教科書や成績表《せいせきひょう》、おもちゃ、各地《かくち》のみやげ品、時代ものの木馬など。

誰《だれ》がつれてくるのか、かってにやってくるのか、品ものはふえる一方で、つい最近《さいきん》も馬がふえたようだ。木馬のそばに、コンクリート製《せい》の白い馬が二頭。背中《せなか》にドロや枯葉《かれは》をこびりつかせて、一頭は頭を上にあげ、もう一頭は頭をたれて、しずかによりそっている。

それでも、講堂はまだまだ広い。一階部分だけで二百平方メートルはあろうという広さだ。

かかし作りのかあさんたちは、ここを作業所にして、思い思いにかかしを作る。しあげを家でする人もいれば、毎日、通ってくる人もいる。何人か集まれば、思い出ばなしに花が咲《さ》く。なんといっても、かあさんたちが小さかったころ、ここは、かっこうの遊び場だったのだ。

たんすや高いたなのすきまは、暗くて深い巨大《きょだい》な迷路《めいろ》。かくれんぼでオニからかくれてしまえば、ちょっとやそっとでは見つからない。

もういいかい。

まーだだよ。

古びた講堂《こうどう》のあちらこちらから、こだまがかえってくる。

もういいかい。

まーだだよ。だよだよだよ。

ときどき、ひとりでは迷路から出られなくなった。

そんなときだ、声がふってくるのは。

キャラキャラキャラキャラッ

ヒソヒソヒソ

＊

つぎの日の朝、作業所《さぎょうじょ》の戸を開けた中根《なかね》かあさんは、目をまるくした。コックかかしが、ゆかに長々《ながなが》とねていたのだ。

昨晩《さくばん》は、たしかにしゃんと立っていたのに。

コックかかしを起こしてみれば、見るほどに、〈カレー家《や》〉のマスターそっくりだ。

ケンタッキー・フライドチキンの、あのダンディなおじいさんのむこうを張《は》るようないい男を作ってくれと、マスターにはいわれたものだ。ところが、太いまゆ、奥目《おくめ》で福々《ふくぶく》しい耳をもった丸顔のコックかかしは、マスターそっくりにしあがった。あまりにそっくりで、すっかり店の人気者になった。あのフライドチキンのおじいさんにまけないくらいに。

「はよう衣《ころも》がえして、お店に返してあげへんとな」

中根《なかね》かあさんは、くすくす笑《わら》いながら、コックかかしの冬用の白いコートとコック帽《ぼう》を手際《てぎわ》よくはずしてゆく。

カレーの色とにおいで、白い布地《ぬのじ》は黄ばんでいた。両手もよごれている。店頭で、通りがかりの子どもたちがタッチしたり握手《あくしゅ》したりするそうだから、こちらも布をはりかえたほうがいいかもしれない。

コックかかしは、たよりない気分におちいった。

はだかになって、カレーのにおいがしなくなった。

ここは、じぶんのいるところではないような気がする。

だれもいなくなった夜。

だだっぴろい共同作業所《きょうどうさぎょうじょ》で、コックかかしは念《ねん》じつづけた。

かえりたい、家へ。

＊

「わあっ。ダーイタン！」

「きょうは、すっぽんぽんやで」

翌朝《よくあさ》、登校中の子どもたちの笑い声に起こされたのは、〈カレー家《や》〉のマスターだ。そっと小窓《こまど》からのぞいて、びっくりした。

店の前にコックかかしがいる。

なんで？　いつかえってきたんだ？　今は中根かあさんの作業所にいるはずなのに……。

「コックさんには、学校に行きがけ、いつもタッチしてるんやけど」

「そうや。タッチして、その日いちにち、うちらの手からカレーのにおいが消えへんかったら、ええことあるんやもんな」

「そやけど、きょうは服着てへんしなあ。いつもとちごうてるから」

「タッチして、反対に悪いことおきたら、かなわへんしなあ」

やっと小学生の一団《いちだん》がいなくなって、マスターは、あわててコックかかしを店内にひっぱりこんだ。その拍子《ひょうし》にカレー粉《こ》のカンをひっくりかえし、かかしの両手をまっ黄色にそめてしまった。

作業所《さぎょうじょ》まで、もう一度送られてきたコックかかしを見ながら、考えこんでいた中根《なかね》かあさんは、やがて大きくうなずいた。

コックかかしは、夏の洋服がしあがるのを落ちついてまっていた。

作業所の中は、カレーのにおいでいっぱい。

中根かあさんが、作業所にカセットコンロをもちこんで、夕食用にカレーをことこと煮《に》こんでいるのだ。和風のすきな中根かあさんらしく、大豆《だいず》のいっぱい入ったカレーの甘《あま》いにおい。

「こんにちは」

と、作業所の戸があいて、おばあさんが笑顔《えがお》をみせた。腕《うで》には、昨夜《さくや》、贈《おく》られたばかりの孫《まご》かかしをだいている。

「きのうはひさしぶりにようねむれたわ。この子がウチに来てくれたおかげや。きょうは買い物にいくついでに、ふたりで立ちよったんやわ。なあ、きんのすけ」

おばあさんからだきとった孫《まご》かかしを、コックかかしの横に立てながら、中根《なかね》かあさんは、おばあさんに椅子《いす》をすすめた。

——きんのすけ！

呼《よ》ばれて、孫かかしは顔をあげた。

コックかかしが笑《わら》いかけている。

——あ、おじさん。どうして、はだかなの。

——うん？　いや、まあそれは、いろいろあって。それより、きみの名前は、きんのすけっていうのかい。

孫かかしの口が、への字にまがった。

——おばあさんがつけてくれたんだ。若《わか》いころ、だいすきだった俳優《はいゆう》さんの名前なんだって。

コックかかしは、コホン、とせきをした。

――あ、おじさん、笑ってる？　笑ってるよね。ぼくだって、なんだか、ぼくじゃないみたいだもの。

――どんな名前がいいんだい？

――うん。ジョニーとか。

コックかかしは、まじめな顔でうなずいた。

――念《ねん》じつづけるといいよ、毎日。ぼくはジョニーだよって。

――そっかあ。カレー、カレーって思っていたら、こんなにカレーのにおいがいっぱいのところに来たんだもんね。

孫かかしは、やっと、にこっと笑った。

ああ、その笑《わら》いがすきだ、と、コックかかしは見とれる。

昨夜《さくや》、大人《おとな》のじぶんだって、たったひと晩《ばん》カレーのにおいがしないからといって、気がついたら〈カレー家《や》〉に帰っていた。こんな幼《おさな》い子は、なれるまでに時間がかかることだろう。

――ねえねえ、おじさんはなんて名前なの？

――名前はない。お客さんは、コックかかしと呼《よ》んでいる。

――名前がなくって、さみしくない？

――店のマスターだけは、シェフ、と呼んでいる。まわりにだれもいないときにだが。

――どんな意味？

コックかかしは、コホン、とせきばらいをした。

――コック長だ。それはその、フランスという国の言葉らしい。

孫《まご》かかしは、にこっと笑った。

――カッコいい。じゃ、ぼくは、ぼくのシェフって呼んでいい？　そうしたら、特別《とくべつ》の名前ってことにならない？

――おれも、そうしていいかい？　おれのジョニー。


「いいにおいでおなかがすいたわ。そろそろ、お昼やもんねえ」

と、おばあさんが立ちあがった。

「カレーを少しもっていかはったらええわ。和風カレーやし」

と、中根《なかね》かあさんも気軽に立ちあがる。

「うちに小さな子が来てくれたんやから、少しはオシャレな料理《りょうり》も作らへんとなあ」

　おばあさんの言葉に、孫《まご》かかしはにこっと笑《わら》う。

　キャラキャラキャラッ
　作業所《さぎょうじょ》の屋根裏《やねうら》から、声がふってきた。

　孫かかしは、びっくりして上を見あげる。

　おみやげのカレーなべを、かいものかごに入れたおばあさんにだかれてかえっていくとき、孫かかしは、またにこっと笑った。

　――ほんとに聞こえるんだね。

　――ジョニーにも聞こえたかい？

　――うん。ここから出かけるときに聞こえるって、教えてくれたの。〈かぜの　だいすけ〉さんや、〈いま　いくぞう〉さんが。

――聞いたのは、はじめてかい。
――そう。
――じゃあ、きょうがほんとの旅立ちの日だ。行った先で幸《しあわ》せにおなり、おれのジョニー。
贈《おく》りたかった言葉を伝《つた》えられて、コックかかしはほっとする。
――うん！　ぼくのシェフもね。
クスクスクス
ヒソヒソヒソ
ボーンボーンボボーン
ふーふわーんふわーん
年を経《へ》た大時計や桐《きり》のたんすも声をあげ、ついでに、ヒヒーンと馬の声もまじって、きょうはにぎやかなお見送りとなった。

＊

しばらくして、夏にむけたすずしげな洋服に衣《ころも》がえしたコックかかしも、同じ声に送られて、また〈カレー家《や》〉の店先にもどっていった。

登校中の子どもたちがむらがりよる。

「わおっ。コックさんがかえってきたで。両手がまっ黄っ黄」

「すっげーにおいや。握手《あくしゅ》したら、一日中、もつな」

あらそって、コックかかしと握手していた子どもたちは、少しはなれて、ぼんやりと見ている男の子に気がついた。

「見かけへんけど、あんた、どこの子？」

へんじはない。子どもたちは首をかしげる。

「東北から来たんとちがう？　大地震《おおじしん》のあと、人がたくさん避難《ひなん》してきたから」

「そっかあ。おれらの町かて、おれらが生まれるちょっと前に大地震があったもんな」

「だったら」と、ひとりが大きな声でいった。「このコックかかしにタッチしたらええで。ええことあるんやし」

「かかし、だって？」

と、つぶやきながら、夏樹《なつき》はコックかかしに近づく。

子どもたちは、わっととりまいて、夏樹の手をコックかかしのまっ黄色な手におしつけた。

「もうだいじょうぶや」

「ええこと、いっぱいあるで」

子どもたちは、でたらめな歌をうたいながら学校へと走りだした。

まっ黄っ黄、まっ黄っ黄
ひまわり色だ
おひさま色だ
ええことあるよ
たくさんあるよ

だれかが、かけもどって、夏樹《なつき》の手をひっぱった。

「なに、ぐずぐずしてんの。急がな、学校おくれるわ」

ひっぱられて、夏樹もいっしょにかけだした。

おひさまが、ぎらぎらとまぶしい一日がはじまった。

7

雪也《ゆきや》は、夏樹《なつき》と〈かかしの里〉で出会った

2011 秋

十一月になっても、あたたかい日がつづいている。

あしたは土曜日で、校庭開放《かいほう》の日だ。

ボールけりをやろうぜ！　と、雪也《ゆきや》は、クラスの友だちにさそわれている。

そんなに足が速くないもんな、行こうかな、どうしようかな、と、ふろあがり、ケータイを開けたり閉《し》めたりしている雪也の部屋へとびこんでき

たのは、春菜《はるな》だった。

「雪也の四十八時間、わたしに売って！」

いつだってびっくりさせられるけれど、やっぱりびっくりした。

でも、オーバーなセリフのわりには、内容《ないよう》は単純《たんじゅん》。

「かぜをひいた。わたしのかわりに、あしたから二日間、実果《みか》とふたりで旅をして」

切符《きっぷ》も買ってある、泊《と》まるところも決まっている、おこづかいもフンパツする、実果がすべてめんどうをみてくれるから安心して、と、いいことづくめの条件《じょうけん》。ちょっとあやしい。

質問《しつもん》しようとしたら、あ、熱《ねつ》が出てきた、インフルエンザかも、とさわぎだしたので、雪也は息をつめて春菜を部屋からおしだした。

おしだされながら、春菜《はるな》はドアごしにさけぶ。

「実果《みか》には約束《やくそく》ごととか、かわったクセがあるの。たとえば〈おさらい魔《ま》〉だから、だまって聞くとか、あれとかこれとか」

あれとかこれとかの説明《せつめい》はとばしたらしく、とつぜん、ぶきみなふるえ声にかわった。

「ちゃんと守らなければ、とんでもなくこわいものを見るのだ」

へんじもしないで、雪也《ゆきや》はドアをきっちり閉《し》めた。

つめていた息を、ふーっとはきだした。

約束ごと？　かわったクセ？　こわいものを見る？　だけど、安心していいって？　もう、どっちなんだよ。

ま、いっか。春菜ねえちゃんよりこわいってことは、ないだろう。〈おさらい〉は、ちょっと気になって、辞書《じしょ》を引いてみた。

——習ったことをくりかえし練習すること。復習《ふくしゅう》。

ふーん。だったら、そのあとについた〈ま〉っていうのは、電話魔とかメモ魔とかと同じだろうな。

たしかに、実果ちゃんはチョーまじめだから。まじめをとおりこすと、ちょっとこわいかも？　ぶるっとふるえた。

ふるえた拍子《ひょうし》に雪也は思い出した、チョー大切なことを。

——ぼくの四十八時間は、いくらで売れたんだろう？

くくっと、笑《わら》いがとまらない。交渉《こうしょう》は旅行からかえってからだ。雪也は、春菜のお願《ねが》いを聞きとどけることにした。

＊

土曜日、朝早くに出発。

雪也《ゆきや》と実果《みか》は、京都《きょうと》で新幹線《しんかんせん》をおり、私鉄《してつ》の電車二本をのりついで、お昼過《す》ぎ、大阪府内《おおさかふない》の小さな駅についた。

「ここは、きょうの目的地《もくてきち》〈なか**ね**や★かかしの里〉のあるところです」

改札《かいさつ》を出て階段《かいだん》をおりながら、実果は、おさらいをはじめた。

「ここからバスで十五分、かかしをつくっている共同作業所《きょうどうさぎょうじょ》をたずねて、かかしさんたちと、その作り手の中根《なかね》かあさん方に会います。夜は、お米の収穫《しゅうかく》が終わった南《みなみ》さんの田んぼで、たき火をかこんで収穫祭《しゅうかくさい》。泊《と》まりは作業所。あしたは自由行動。お昼ごはんを食べて、〈のぞみ〉にのってかえります。オーケー？」

雪也は、だまってうなずく。

たしかに実果は〈おさらい魔《ま》〉だった。これで五回めだ。新幹線でのおさらいも入れて。話し方も息をつぐカショも、五回ともほとんど同じで、今度も雪也はふきだしたいのをがまんする。

バスが終点〈なか**ね**や★かかしの里〉に近づいた。

バス停《てい》で、女の人が手をふっている。

きっとまっていてくれたんだ。

バスをおりた雪也は、深くていねいにおじぎをした。

「こんにちは」

返事がない。

そっと顔をあげれば、女の人は、ずっと手をふりつづけている。

「なーんだ。人形じゃないか」

口をとがらせる雪也《ゆきや》に、実果《みか》は声をたてないでわらっている。

「人形じゃない。かかしなの」

「どうちがうんだよ」

「それは、雪也が、自分で感じたらいいことなの」

そんなものか、と、雪也は、あたりをみまわした。

そばのベンチで、新聞を読みながらバスをまっているおじいさん。あかちゃんをだいて、あやしているおかあさん。足もとでじゃれあっているのは、ねこ三びき……。

「もしかして、あの人たちも?」

ふりむけば、実果は、夢中《むちゅう》でカメラのシャッターをきっている。
〈なかね**ね**や★かかしの里〉にどうしても行きたいと、インターネットでしらべてプランを練ったのは春菜《はるな》だそうで、実果は、春菜に見せるアルバム作りに真剣《しんけん》な顔つきだった。

十一月も終わりに近い夕刻《ゆうこく》は、五時になると、だいぶ暗くなってきた。

〈みなみ農園〉で、もうすぐ収穫祭《しゅうかくさい》がはじまる。

今年《ことし》もお米がぶじにとれたので、近所の人々《ひとびと》も集まっていっしょにお祝《いわ》いをする。収穫の終わった田んぼのまん中に、古いワラや、今年《ことし》お米を収穫した後の稲《いな》ワラなどを大きなやぐらの形に積《つ》みあげ、たきあげて、今年のお礼《れい》と来年の豊作《ほうさく》を願《ねが》う行事だそうだ。

田んぼのそばで、ムギワラぼうしをかぶり、赤い矢印《やじるし》のプラカードを持って案内《あんない》に立っているおじさんに、ドキドキしながらおじぎをしたら、南《みなみ》さんではなかった。かかしだった。

「また、まちがえた」

雪也《ゆきや》は、首をすくめる。

稲《いな》ワラを、いつもかかし用にわけてもらっている中根《なかね》かあさんたちも、もちろん参加《さんか》。あちらこちらに贈《おく》られたかかしたちも、この日は里帰りしてきて、思い思いのところでくつろいでいる。田んぼの畔《あぜ》で、ひと休みしているおじいさんとおばあさんかかしもいれば、昔のわらべかかしもいる。白いコック・コート姿《すがた》のかかしは、両手だけまっ黄色なのがおかしい。

きょろきょろしていると、どんと、だれかにぶつかった。

あわてて、「ごめんなさい」とふりむけば、雪也と同じくらいの背《せ》をした男の子だった。

男の子は身動きしないで、じっとなにかを見つめている。視線《しせん》の先には、わらべかかしがいた。白っぽい着物を短く着て、げたをはいた男わらべは、ぱかっと口をあけてわらっている。

どちらもあまりに動かないので、雪也はふしぎな気がしてきた。

「もしかして、きみも、かかし?」

びっくりして顔をあげた男の子は、はじめて雪也が目に入ったようだ。

「もしかしなくても、おれはヒトだ。ヒト科ホモ属《ぞく》サピエンス種《しゅ》。住所は」

といったところで、だまりこんだので、

「ぼく、雪也。きみは?」

「夏樹《なつき》」

つられて答えた男の子に、雪也《ゆきや》はそっとたずねた。

「きみは、その、着物をきたかかしの子をじっと見てるんだけど？」

「しってる子に、よく似《に》てるんだ」

＊

夏樹は、低《ひく》い声で話しはじめた。

「今年《ことし》三月十一日、おれたちの住んでいた東北は大地震《おおじしん》と大津波《おおつなみ》におそわれた。原子力発電所が爆発《ばくはつ》して放射能《ほうしゃのう》が大量《たいりょう》にとびちった。もう住んでいられなくて、今、おれたちは、避難《ひなん》してきて、この町の親せきの家に泊《と》めてもらっているんだけど」

雪也は、うなずきながら聞いた。

「おれが助かったのは、〈かぜの　だいすけ〉のおかげだ。おれの家族はみんな、あの子に助けられた、わらべかかしのだいすけに。こっちだ、こっちだって、逃《に》げる道を教えてくれた。それから、だいすけはとなり村に行くっていった。となり村はもっとひどい状況《じょうきょう》だからって。あれから、だいすけには会っていない……」

夏樹は、目をらんぼうにこすって、男わらべのかかしを見つめた。

「それなのに、だいすけによく似た子が、ここにいるんだ」

「だいすけって名札《なふだ》がついているね。二代目とか三代目とか？」

「いやだ。みとめない。あの子でなくちゃだめだ。おれの住んでた家の近くに桜《さくら》の樹《き》があって、それを今年《ことし》も見にくるって約束《やくそく》してたんだ。だけど、桜《さくら》は流された。助けられなかった。おれたちも、地震《じしん》のあとすぐに、ここに来た。ここは〈かかしの里〉だから、会えると思った。おれ、さがしたんだよ。さんざん、さがした。おれが見つけられなくても、だいすけがきっと見つけてくれるはずだから」

夏樹《なつき》は、目をこすりつづける。

雪也《ゆきや》は、だまってうなずきつづけた。

「あの子でなくちゃ、いやだ、いやなんだ」

夏樹はなんどもくりかえす。雪也は、じっと耳をかたむけた。

ふっと、夏樹の声がとぎれた。

雪也は、そっと夏樹の肩《かた》に腕《うで》をまわした。

――〈いま　いくぞう〉さんに会えると思ったんだけど……。

あちらこちらでカメラのシャッターを切っていた実果《みか》は、オシャレな服を着た幼《おさな》いかかしと目があった。

赤と緑のチェックのベストに赤いちょうネクタイ。ときおり吹《ふ》く風にやわらかい毛糸の髪《かみ》をゆらしながらも、幼いかかしの顔は、それほど楽しそうには見えない。

「おチビさん」と、実果は呼《よ》びかけた。「そんな顔していたら、ジョニー・デップが泣《な》くでしょ。よく似た顔してカッコいいんだから」

とたんに、うしろから、

「わかる?」

と、はずんだ声。これは、幼いかかしを作った本木《もとき》かあさんだ。

「だれ？」

と、たずねたのは、かかしを贈《おく》られたおばあさん。

本木《もとき》かあさんは、映画俳優《えいがはいゆう》のジョニー・デップがだいすきで、ジョニー主演《しゅえん》のビデオはほとんどそろえて、しょっちゅう家で見ているそうだ。

それを聞いたおばあさんは、幼《おさな》いかかしに問いかけた。

「なあ、きんのすけ。名前、かえようか？　ジョニーは、どやろ？」

幼いかかしが、にこっと笑《わら》った。となりに立っている白いコック・コートのかかしも、いっしょに笑った。

うそじゃないの！　と、実果《みか》はこのあと、雪也《ゆきや》相手にずっといいつづけたものだ。

＊

七時になった。

〈みなみ農園〉の南《みなみ》さんが、立て札《ふだ》を持ったかかしをかかえて、登場した。

あまりにそっくりで、どっと笑いがはじける。

大きな拍手《はくしゅ》のなか、田んぼのまん中のワラのやぐらに、火がともされた。

ぼっと、オレンジ色の炎《ほのお》があがる。

わあっと、まわりの歓声《かんせい》が大きくなった。

あたたかい風がおこり、炎がゆれた。

ゆれる炎に、かかしもゆれる。ゆらゆらゆれて、影《かげ》がゆらめく。

畔《あぜ》にすわった、かかしのおじいさんとおばあさん。白いコック・コート

のかかしとジョニー。あちこちにすわっているかかしたちの影《かげ》はぶつかったりはなれたりして、おしゃべりしたり、笑《わら》いあったりしているようだ。

その間にも、ワラや木切れがつぎつぎに火のなかに投げこまれ、そのたびに、ぼっと炎《ほのお》がたつ。

実果《みか》は、しきりにあたりを見まわし、さがしつづけていた。

——〈いま　いくぞう〉さんは、どこ？

「わあっ。まってました！」

と、ひときわ大きな歓声《かんせい》があがり、香《こう》ばしい焼《や》きのりのにおいがただよってきた。

食事がはじまるのだ。

おかあさんたちが、お皿をくばりはじめた。

お皿の上には、大きなおむすびがふたつ。

雪也《ゆきや》も夏樹《なつき》も実果も、口をあんぐりあけて、しばらく声が出ない。

「大きすぎる！」と、実果。「ジョニーの顔より大きい！」

今年《ことし》、ここの田んぼでとれた新米をにぎったおむすびで、なかにはいっているのは、梅《うめ》ぼしと、いかなごのくぎ煮《に》。梅ぼしはおかあさんたちが共同《きょうどう》で漬《つ》けたもので、大きくてすっぱくて、ハフハフいいながら食べた。くぎ煮は明石《あかし》の浦《うら》にあがったいかなご、それも新子と呼《よ》ばれる小さないかなごだそうで、口のなかでほろほろとけて、あとから山椒《さんしょう》がぴりりと効《き》いてくる。

大きすぎる！　と、いったことなどわすれて、雪也も実果も夏樹もおかわりをした。夢中《むちゅう》でほおばった。もちもちと舌《した》にすいつくようなごはんつぶをひとつぶも残《のこ》さないように、指の先までぺろぺろなめた。こんなにおいしい食事は、はじめてのような気がする。

満足《まんぞく》して実果《みか》は、ほっと、あたりを見まわした。

投げこまれたワラのたばで、ひときわ、明るい炎《ほのお》があがった。

「あ、おばあさん」

炎のなかに、ヒトの形を見た気がして、おもわず実果はこしをうかしかけた。雪也《ゆきや》も、ぽかんと口を開けた。去年《きょねん》の雪の日に、春菜《はるな》がだきしめた、あの小さなおばあさんにどこか似《に》ている。

「もう亡《の》うなってる、わたしのおばあさん。〈なかね　こはる〉って名前なんやわ」

と、やっと手のあいた中根《なかね》かあさんが、となりに来て話してくれた。

「けっこうツッパリやったわたしの、いちばんの理解者《りかいしゃ》やった。おばあさんの中のおばあさんなんや」

ワラでできているので、かかしは、よくもって二年か三年。それで、火にくべて見送ってから、また新しく作るのだそうだ。

明るい炎の中に、また、ヒト形《がた》がうかんだ。

「だいすけ……」

夏樹《なつき》はのどがつまって、あとがつづかない。

中根かあさんのおばあさんは、東北からお嫁《よめ》に来た人で、ふるさとをなつかしんで作ったのが〈だいすけ〉かかし。なぜか実家のざしきわらしが、そう呼《よ》ばれていたそうで、中根家では、男わらべのかかしを作ったときには同じ名前をつけるようになって、もう十代目をこえたそうだ。

「ありがとう」

と、雪也《ゆきや》が、夏樹《なつき》のかわりにつぶやいた。

炎《ほのお》を見つめていた実果《みか》が、こんどこそ、ぱっと立ち上がった。

「いくぞうさん！」

「いろいろあって、早《はよ》うに亡《の》うなった子なんやわ」と、こんどは本木《もとき》かあさん。「消防士《しょうぼうし》になりたかったんやて。かかしに作ってくれって、うちがたのまれた。自分で〈いま　いくぞう〉って名前も決めてたんや。呼《よ》ばれたら、すぐ助けにとんでいくぞうって」

実果は、炎を見つめている。

目がうるみ、ふくらんで、ツーッとなみだが実果のほおを伝《つた》った。

つぎからつぎへとなみだがわいて、ツーッツーッとほおを伝いおちる。

とまらない。炎に照《て》らされた実果の顔は、シャワーをあびたようだ。汗《あせ》びっしょりになって、なきじゃくっている。

とつぜん、雪也は春《はる》菜《な》の言葉を思い出した。――実果の約束《やくそく》ごと……。かわったクセ……。とんでもなくこわいものを見る……。

実果のとんでもなくこわい状況《じょうきょう》とは、きっと、このことだったのだ。なみだがとまらなくなるってこと。〈おさらい魔《ま》〉だけじゃなくて、約束ごとやクセがあれとかこれとか、まだまだあるのかも。

だけど、こんな実果ちゃん、きらいじゃない。

もっと、あれとかこれとかあったって、ちっともかまわない。

雪也のなかで、つぎからつぎへと言葉がわいてくる。

実果の長い影《かげ》に、かかしたちの影が濃《こ》くうすく重なって、ゆらゆらゆれる。実果《みか》の肩《かた》や背中《せなか》をつつみこんでいるようだ。

かかしもみんな、実果ちゃんをすきなんだ。

そんなことを伝《つた》えたいと思ったけれど、雪也《ゆきや》がもじもじしているうちに、声をかけたのは夏樹《なつき》だった。

「〈いま　いくぞう〉二世を、実果さんが作ったら、どうだろう」

実果は、ぱたっとなきやんだ。

そばで、本木《もとき》かあさんもうなずいている。

先をこされて、ちょっとくやしかったけれど、雪也は、ま、いっか、と思った。

実果ちゃん、すきだ。

夏樹もすきだ。

炎《ほのお》が、いっしゅん、大きくなって、すっと消えた。

あたりは闇《やみ》。

空いっぱいに、星。

燠《おき》の中から、パチパチと星がちって、ゆっくりと空にのぼっていった。


その夜、実果は中根《なかね》かあさんの母屋《おもや》に泊《と》まったが、雪也と夏樹はシュラフをかりて、作業所《さぎょうじょ》でやすんだ。

「さむいよ。それに、なんか出るかもしれへんよ」

と、中根かあさんにおどかされたが、ふたりで肩《かた》をぶつけあいながら作業所にかけこんで、ぴたりと戸を閉《し》めた。

「なんか出たの？　なにかあったの？」

＊

次の日、かえりの新幹線の中で、実果《みか》はしりたがった。

でも、雪也《ゆきや》は何もいわない。ぼーっと窓《まど》の外を見ている。

やがて、昨夜《さくや》のことなどなかったかのように、すっかり〈おさらい魔《ま》〉にかえった実果は、ノートを広げ、ぶつぶつつぶやきながら、旅のあれこれを書きつけはじめた。

8　みんなが、雪の日、そろって出会った

冬の空は、三時をすぎたばかりなのに、もう暗い。

雪也《ゆきや》が外を見ていると、ひゅっと暗さがました。

雨だ。

ポッツポッツとガラスについた透明《とうめい》の雨つぶが、ツーッツーッと下に落ちていく。

ポッツポッツの間隔《かんかく》がしだいに短くなり、雨つぶがジェル状《じょう》にかわった。

雪だ。

新聞委員会《いいんかい》は、まだつづいている。記事をわりあてられたが、これといって書きたいことがない。びんぼうゆすりがとまらない。

やっと終わった。雪也《ゆきや》はダッシュでとびだした。

雪がはげしくなって、校庭はもう積《つ》もりはじめている。

かさをもってこなかった。

わすれたのではない。どこかに置《お》きわすれて、そのままになっている。

五年生になって、もう何本なくしたかおぼえていない。

校門を出て、かけ足で道の角を左に曲がり、足ぶみしながら信号《しんごう》でまつ。

青にかわったとたん、横断歩道《おうだんほどう》を走りぬけ、そのまま左にまがり、最後《さいご》に角の空地を右にまがれば、五軒《けん》めが雪也の家だ。

角の空き地までできて、雪也は足をゆるめた。

角の空き地——ずっとそう呼《よ》んできたけれど、正確《せいかく》には、もう空き地ではない。急に買い手がついて、新しい家が建《た》っている最中《さいちゅう》だ。

きょうは、大工やトビさんのかけ声もなくて、しんとしずか。ブルーシートが風と雪にハタハタとはためいて、そのたびに、桜《さくら》の老木《ろうぼく》が、庭のすみで見えたりかくれたりしている。

去年《きょねん》、ゆきだぬきに出会ったのは、この桜の樹《き》の下で、ちょうど、こんな雪の日のことだった。うつむいて、桜の樹の下を通りすぎようとしたら、目のすみに何かが見えた。

雪也はふりむいた。

ゆきだぬき、ではなかった。

大きな白いかたまりがある。

目をこらせば、白いかたまりには、上の方に耳があって、黒い目もあって、だんだん白くまっぽく見えてきた。

こんどは、ゆきぐま⁉

おもわず、雪也《ゆきや》が一歩近づいたら、そいつも動いた。

ほんものだ！

そいつが雪也にとびかかろうとしたら、大きな声がひびいた。

「ストップ！」

桜《さくら》の木のうしろから、男の子がとびだして、白くまの首輪《くびわ》をしっかりと押《お》さえた。

「雪也！」

と、男の子が、顔中でわらっている。

まさか、こんなところにいるはずがない、と思いながらも、雪也はそっとたずねた。

「もしかして？」

「もしかしなくても、ヒト科ホモ属《ぞく》」

「サピエンス種《しゅ》の夏樹《なつき》！」

まちがいない。この秋、〈なか**ね**や★かかしの里〉で出会った夏樹だ。

ふたりいっしょにふきだしたら、白くまも笑《わら》った、歯をむきだして。

えっ？　と、雪也の笑いが止まる。

夏樹《なつき》は、まじめな顔でいった。

「えっ？　ておもうよな。おれだって、さいしょ、わからなかった。笑《わら》ってるなんて。だけど、笑うんだ、クマは。つるバラの花をかじっていると き、いちばん大きく笑うんだ」

ふいに、夏樹の言葉がとぎれる。

雪也《ゆきや》はまった。

しんしんしんと雪がふる。

夏樹は、ぽつりぽつりとつづけた。

「クマは、一度は津波《つなみ》で流されたんだ。だけど、おれ、ずっとクマを呼《よ》びつづけた。そしたら、ふいに、見られてるような気がした。ふりむいたら、いたんだよ。テレビの画面いっぱいに。動物避難所《ひなんじょ》に保護《ほご》されていた。すぐにひきとりにいった。クマの家の人たちは、みんなもう……。それで今は……」

夏樹の言葉がまたとぎれる。

雪也はまった。

しばらくして夏樹は、にやっと笑った。

「もしかして雪也は、心配してない？　クマがかまないか、とか」

「もしかしなくても、こいつ、くまなんだろ。かまない？」

「うん、クマだよ。かまない」

首をかしげながらも、雪也は、家においでよ、今はだれもいないから、と、夏樹をさそった。

＊

大きなクマは、〈くま〉ではなくて犬だった。グレート・ピレニーズという超大型犬《ちょうおおがたけん》の一種《いっしゅ》で、本もののくまと見まがうほど大きな体をしているくせに、あまえんぼうで、子どもがすきなのだそうだ。

夏樹《なつき》は、クマと一秒でもはなれているのはいやなようすで、マグカップを片手《かたて》に、ぴったりくっついて、玄関《げんかん》にすわりこんでいる。

夏樹は熱《あつ》いミルクをフーフーふきながら、クマはボールのミルクを大きな舌《した》でなめながら、横目でずっと見つめあっている。

「なかがいいんだ」

雪也《ゆきや》が笑《わら》うと、ひとりといっぴきは、いっしょに答えた。

「うん！」

「わん！」


ゆきだるま通り！

ゆきだるま通り！

外で、子どもたちの声がする。

玄関の戸をあけると、いつも見なれた通学路は、どこまでもつづく雪野原にかわっていた。

ゆきだるまだらけ、と思ったら、いろいろな動物でいっぱいだ。

「わおっ。ゆきの動物園！」

昔ながらのゆきだるまが二つに、ゆきうさぎ二ひき。ゆきぎつね二ひきに、ゆきゴジラ一体。ゆきへびらしいものも二ひきいて、最後《さいご》の十番め、角の建設中《けんせつちゅう》の家の前に立っているのは――。

「ゆきだぬき?!」

雪也《ゆきや》がかけよると、同じ登校班《とうこうはん》の子どもたちが集まっていた。

「そうだよ。みんなで、見つけるんだ」

「行方不明《ゆくえふめい》になった子だぬきをさ」

かえっておいでよ　子だぬきやーい
ぽんぽこ子だぬき　ぽんだぬき
こっちのゆーきは　あーまいぞ

てんでに、かってな歌をうたいながら、おどりはじめた。

「わんわんわわん、わんわんわわん」

いつのまにか、クマも夏樹《なつき》もないたり歌ったりしながら、いっしょにゆきだるま通りをねりあるく。

かえっておいでよ　子だぬきやーい
たぬき汁《じる》にはいたしません
みせもの小屋にはうりません

ぶきみな歌声が、みんなの歌にかぶさる。

おどりをやめて、みんなで顔を見あわせた。

「また春菜《はるな》ねえちゃんだ」

と、雪也《ゆきや》のウンザリした顔。

「春菜ねえちゃんって？」

と、しりたそうな夏樹《なつき》の顔。

だまりこんだ雪也のそばで、小学生たちの声がそろった。

「こわいヒトなんだよ！」

「だれがこわいって？」

ぬっとあらわれたのは、体中、まっ白けのしろおばけが、ふたつ。

しろおばけのひとつが、くすっとわらった。

「だいじょうぶ。とって食べたりしないから」

このセリフだって、じゅうぶんにこわい。でも、聞きなれた声で、みんなはほっと力をぬく。雪也よりも、夏樹のほうが早かった。

「ありがとう、実果《みか》さん。春には新しい家にひっこしてきます」

びっくりして雪也は、夏樹と実果をかわるがわる見つめた。

実果の話によると、角の空地を夏樹の家族にお世話したのは、不動産屋《ふどうさんや》をしている実果のお父さんだということだ。

「しってたの？　春菜ねえちゃんは」

「もちろん」

くぐもった声は、春菜がクマの背中《せなか》に顔をうずめているからで、クマはおおいかぶさっている春菜をふりおとそうともしない。はじめて会ったしゅんかんから、すっかりなかよくなっている。

なんだよ、みんな、なんだよ。

雪がふりしきる。
しんしんしんしんしんしんしんしんしんしんしんしんしんしん
雪也《ゆきや》の中でもふりしきる。

*

次の日の朝。
雪也は、早く目がさめた。
しんしんしんしんと雪のふる音がする。
カーテンをあけたとたん、目をみはった。
あわてて玄関《げんかん》をとびだした。
「かさこだるま！」

ゆきだるまは、みんな、一本ずつかさをさしていた。

あれは、なくしたと思っていた雪也のかさだ。となりは、春菜《はるな》が勝手に雪也から借《か》りていったかさにちがいない。百円ショップのビニールがさのようなものもあれば、骨《ほね》の曲がったものもある。黄色い柄《え》のついた幼児用《ようじよう》のかさも何本か。どれも、かさの上に雪を重そうに積《つ》もらせて、こんもりこんもりとならんでいる。

それでも、かさはひとつたりなかったようで、最後《さいご》のゆきだぬきは、頭にスカーフをまいている。その結《むす》び目《め》に、ラミネート加工《かこう》したカードが一枚《まい》はさんであった。

かさ九本とスカーフ一枚《まい》。
雪也《ゆきや》の四十八時間を売ってもらったお礼《れい》です。
えんりょなく受けとってください。
いつもかさをなくす弟へ
愛《あい》をこめて　姉より

雪也は、とつぜん、思いだした。先月、春菜《はるな》が雪也から四十八時間を買いとった、あの一件《いっけん》を。

あのとき、雪也が、実果《みか》といっしょに〈なか**ね**や★かかしの里〉からかえってくると、春菜は風邪《かぜ》をこじらせて寝《ね》ついていた。やっと熱《ねつ》がさがって学校に行きだしてからも咳《せき》がとまらない。「このごろ、マーブルあめ、なめないからじゃないの？」と、うっかりからかえないほど弱々《よわよわ》しかったので、なにもいわないまま、すっかりわすれていたのだ。

なのに、春菜は、前よりもパワーアップしてよみがえった。

これが雪也の四十八時間をむりやり買いとったお礼だって？

反対に雪也は、元気をすいとられ、カサカサになって、すっかりミイラになった気分……。もう姉なんていらないよ。

ウンザリ、ウンザリ、ウンザリだ！

気がついたら、雪也は、ふりしきる雪の中で、ぼんやりとかさをかぞえていた。

いっぽん、にほん……きゅうほん、じっぽん。

えっ？

もういちど、かぞえた。

かさは、十本あった。九本ってカードには書いてあるけれど？

こんどは、ゆきだるまを数えた。

十一こある?!

ひとつ、ひとつ、指を折《お》ってたしかめていった。

ゆきだるまが二つ、ゆきうさぎ二ひき。ゆきぎつね二ひき、ゆきゴジラ一体。ゆきへび二ひきに、最後《さいご》はゆきだぬき。

きのうと同じ、ゆきの動物園のメンバーはかわっていない。だけど、かぞえると、ゆきの動物たちはなぜか十一こある。

十一番めは、どれだろう。

何度も見なおしているうちに、雪也《ゆきや》はふしぎな気分におちいった。

一本だけ、雪の積《つ》もりかたの少ないかさがある。

かさのつゆ先から、ツーッツーッと、しずくがとぎれなく落ちているのは、その一本だけだ。

――実果《みか》ちゃんのなみだみたいだ……。

おもったとたん、雪也は、そのかさにとびついて、積もった雪をはらいおとしていた。雪は、いくつかのかたまりになって、気持ちがいいほど、バサッバサッとすべりおちる。

あらわれたのは、目のさめるようなまっ青なかさだ。

青いかさにふる雪は、かさの上ではじかれ、ツーッツーッとしずくになって落ちる。防水加工《ぼうすいかこう》の効《き》いた、まっさらなかさだ。

ゆきだるまの上からはずして、雪也はかさをくるっとまわしてみた。白い紙きれが落ちた。

〈なか**ね**や★かかしの里〉ではありがとう。
雪也《ゆきや》がいっしょで、よかった。
実果《みか》

すぐにも青いかさをもってかえりたい気分だったけれど、また、もとのところに、そっともどした。

このかさだけは、けっして、なくしたりしない。

実果の書いた紙をいちまい大事に持って、雪也はかえりかけた。
けっきょく、十一番めは、だれなんだろう。
ふりかえると、ゆきだぬきと目があった。
「わかんないけど、ま、いっか」
——マ、イッカ。
聞こえたように思った。
「おまえ、『イタイ』いがいに、話せるようになったの？」
——イタイ　イガイニ　マ　イッカ。ポン！
イガイニ　イイカ　マイッタ。ポン！
まいった！　すごい。言葉遊びしてるんだ、字をならべかえて。
そっかあ。解《と》けた！　春菜《はるな》ねえちゃんが、あの小さなおばあさんをすきなわけ、わかったよ。〈かね　こ　はる　な〉の字を入れかえると、〈なかね　こ　はる〉になるんだ。

ポンポンと、雪也《ゆきや》は、ゆきだぬきのスカーフに積《つ》もった雪をはらった。

「よくかえってきたね」

＊

しばらくして、夏樹《なつき》から手紙が届いた。

中からこぼれおちた写真を見て、雪也はふきだした。

生まれてまのない夏樹の弟は、どこかゆきだぬきに似《に》ていた。大きな下がり気味の目も、小さな手を、こまったように頭に置《お》くしぐさも……。

――弟はおれが名前をつけたんだ。雪也ならわかるだろ？

「うん。だいすけだ！」

手紙の先を読む前に、V《ブイ》サイン！

空き地だった角の家は、桜《さくら》の老木《ろうぼく》を見たとたん、ここでなくては！　と夏樹がいいはって決めたそうだ。

——おれ、桜守《さくらもり》になるんだ。なぜかって？　もしかして、雪也ならわかるかもしれない。

もしかしなくても、わかりたい。夏樹の話なら、いくらだって聞きたい。

桜が咲《さ》くころに、夏樹はひっこしてくる。

同じ登校班《とうこうはん》で、雪也と同じ小学校に通う。

ふるさとがほんとうに安全だと宣言《せんげん》されたら、いつかきっとかえる、災《さい》害《がい》に強い桜の樹《き》を開発して、どっさり植えるんだ、と書いてきているが、どうなったときに、安全だといえるのだろう。

夏樹《なつき》がふるさとにかえるまでに、ふたりでいっしょに勉強しておいたほうがいいと、雪也《ゆきや》は思う。

原子力発電は、どんなしくみで動くのだろう。放射能《ほうしゃのう》とか放射線《ほうしゃせん》って何？ なんかとってもこわいんだけど。爆発《ばくはつ》したのは、なぜだろう？ 安全な水や食べ物をしりたい。安全な土地がどこかしりたい。いろんなことをしりたい。

しりたいことやしたいことが、一気にふえた。

そうだ。クマが食べて笑《わら》うつるバラも、いっしょに植えて育てよう。

実果《みか》と春菜《はるな》は、といえば、春休み、〈なか**ね**や★かかしの里〉に出かけて、かかし作りを教えてもらうことになった。

実果は、〈いま　いくぞう〉を作る。「ありがとう」をきちんと伝《つた》えるために。

春菜は、自分を作りに行くそうだ。〈かねこ　はるな〉は〈なかね　こはる〉だから、春菜がおばあさんを作り、そのおばあさんかかしがあっちこっちに出張《しゅっちょう》すれば、春菜が出かけたことになるという。それで世界中をかけめぐるつもりらしい。

自分で出かけたほうがよっぽどいいと思うが、春菜にはまだまだ意味不《ふ》明《めい》の点が多すぎて、雪也はとてもかなわない。

だけど、「ま、いっか」といった気分。

なんといっても、春菜の提案《ていあん》にのった、あの四十八時間売買のおかげで、雪也は夏樹に出会えたのだ。

実果《みか》とも、かかしの里でとった写真を借《か》りる約束《やくそく》がバッチリできた。

新聞部発行のかべ新聞に書く記事用に、毎回、写真を貸《か》してもらいに行くことになって、ちょっとドキドキしている。

そして、雪也《ゆきや》の記事は、こんなふうにはじまる。


〈かかし〉って、しってる?　　金子《かねこ》　雪也

しってるよ。
へのへのもへじの顔をして
田んぼで、日がな一日、
一本足で立っているよ。

やっぱりね。
はじめは、みんな、そういうんだ。
ところがね。
いろんな〈かかし〉がいるようだ。

エピローグ

いろんな〈かかし〉がいたんだよ。
ヒトに似《に》ていて、ヒトじゃない。
人形のようでいて、人形じゃない。

だけど、となりにいるんだよ。
気がついたら、いっしょにいるんだよ。
いちど〈かかし〉に会ったらね。

あんなことも

こんなことも
みんなあるような気がしてね。
ふしぎなことも　ふしぎじゃなくなる。

あとがき

高田桂子

かかしの不思議が気になりだしたのは、何年も前のことです。

徳島県三好市の〈天空の村・かかしの郷〉の紹介を、はじめてテレビで見たとき、目がはなせませんでした。

かかし、といえば、へのへのもへじに一本足が定説。

ところが、この郷で作られるかかしは、私たちにそっくりです。亡くなった人や市をはなれた人びとを思い出して作られながら、人でもなく人形でもなくかかしと呼ばれています。それは、なぜ？　と不思議でした。

はじまりは、ここからでした。

その後、かかしの郷や村は兵庫県や鳥取県にもあることを知り、どちらかでお話をうかがいたいと思っていた折も折、長年お世話になっている大阪府寝屋川市の司書さん・中西廣志さんから、びっくりする話を聞きました。――この市にも、かかし村がありますよ！

今、私は東京住まいですが、寝屋川市には何年間も住んでいたのです。

そんなことも知らなかったなんて！　さっそくおたずねして、またまたび

っくり。かつての住まいからバスで何分かといった近さにありました。

本書でモデルになっていただいた〈なか**ね**や★かかしの里〉の正式な名称は、〈さつまいも畑にかかし村〉です。

ここで、中井裕子さん、木本悦子さんをはじめたくさんのお母さん方の作られたかかしに出会うことができました。ゆっくりお話も聞かせていただき、ありがとうございました。〈南農園〉の南保次さんの、れんげを田にすきこんで作られたお米のおいしさは忘れられません。おむすびに入っているいかなごの新子のくぎ煮は、天野正道・光子さんが、毎春送ってくださるお手作りのお味です。

この春はまた、むかしからの友人、島式子さんご一家、鈴木檀さん、禅定正世さんに久しぶりにお会いできて、はげましをいただきました。

最後に、そうえん社編集部の小櫻浩子さん、ブック・デザイナーの中島かほるさん、そして、スリリングで味わい深い絵を描いてくださいました宇野亜喜良さんに、心から御礼申し上げます。

二〇一五年秋

●〈さつまいも畑にかかし村〉については「モックユー」でインターネット検索してください！

＜さつまいも畑にかかし村＞のかかしたち

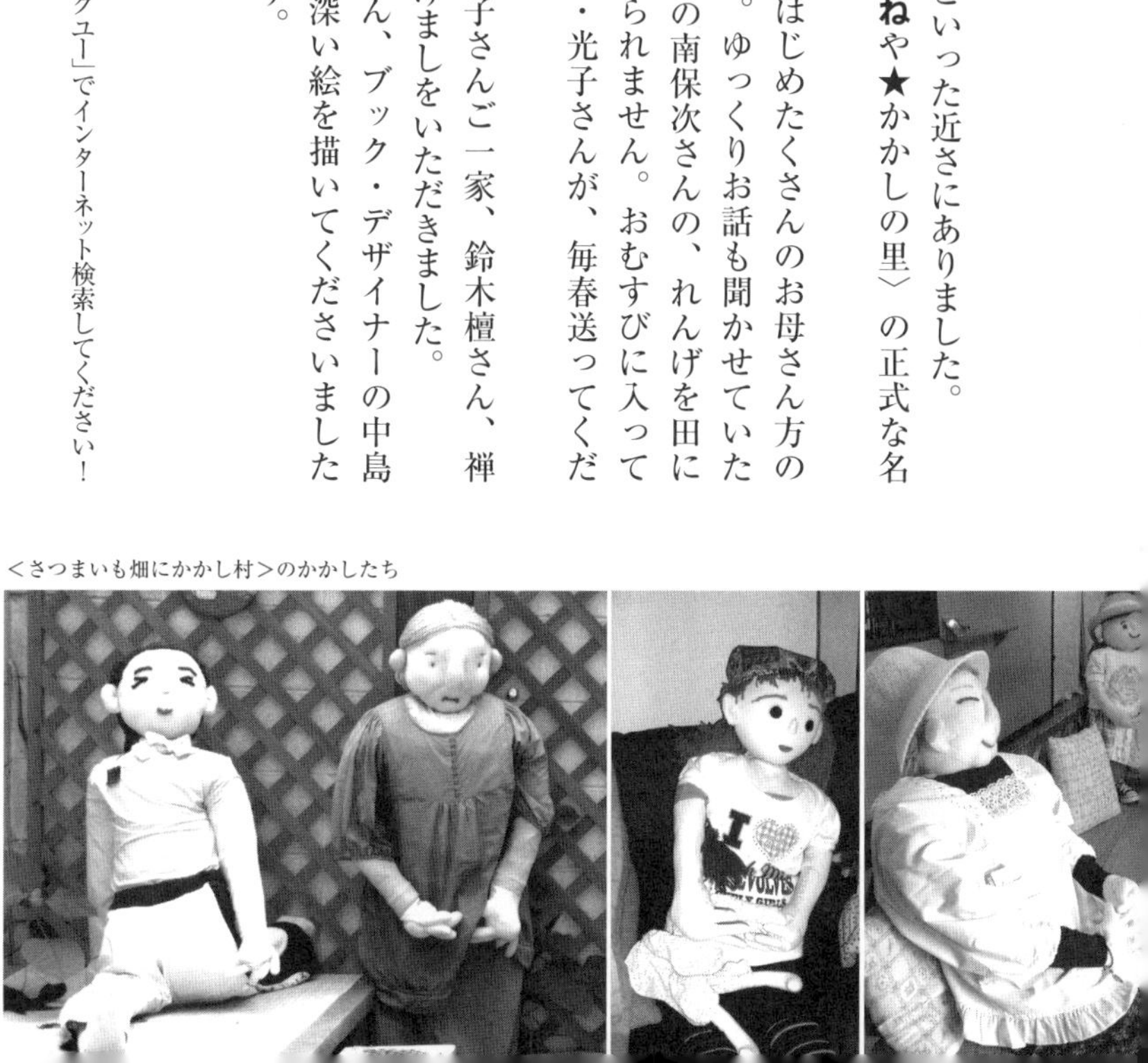

作 ◎ 高田桂子（たかだ けいこ）
1945年、広島県に生まれる。出版社勤務、コピーライターを経て、1977年に『からからからが…』（木曽秀夫・絵、文研出版）で絵本作家としてデビュー。『ざわめきやまない』（理論社）で第12回路傍の石文学賞受賞。おもな作品に、『あしたもきっとチョウ日和』『くすのきじいさんのむかしむかし①〜③』（ともに文溪堂）、『雨のせいかもしれない』（偕成社）など多数ある。

絵 ◎ 宇野亞喜良（うの あきら）
1934年、愛知県に生まれる。書籍や雑誌のイラストレーションだけでなく、広告や舞台の美術、芸術監督を務めるなど、幅広い分野で活躍している。絵本や児童書の装画、挿絵のおもな作品に、『あのこ』（今江祥智・著、BL出版）、『カモメの家』（山下明生・作、理論社）など多数ある。1999年紫綬褒章、2010年旭日小綬受章。2015年読売演劇大賞選考委員特別賞受賞。

お便りをお待ちしています。
〒160-0015　東京都新宿区大京町22-1そうえん社「ホップステップキッズ!」編集部宛
いただいたお便りは編集部より著者にお渡しいたします。

《出典》
95ページ／「証城寺の狸囃子」作詞：野口雨情、作曲：中山晋平による童謡。1925（大正14）年に発表された。
120ページ／ナルニア国物語1『ライオンと魔女』（C.S.ルイス作、瀬田貞二訳、岩波書店）に登場する偉大なライオンのアスランと、ルーシィたち四人の兄弟姉妹が活躍する物語。
「白鳥の湖」ロシアの作曲家：ピョートル・チャイコフスキーによって作曲されたバレエ音楽。および、それを用いたクラシックバレエ作品。1877年に初演された。

*110、111ページの絵では、兵庫県姫路市〈奥播磨かかしの里〉の風景を参考にしました。

ホップステップキッズ!29
ここから物語がはじまる

2015年12月　第1刷

作 ◎ 高田桂子（たかだ けいこ）
絵 ◎ 宇野亞喜良（うの あきら）

発 行 者：田中俊彦
編　　集：小桜浩子
発 行 所：株式会社そうえん社
〒160-0015　東京都新宿区大京町22-1
営業 03-5362-5150（TEL）／03-3359-2647（FAX）
編集 03-3357-2219（TEL）
振替 00140-4-46366
装 幀 ◎ 中島かほる
印刷・製本：図書印刷株式会社
N.D.C.913 / 223p / 20×14cm
ISBN978-4-88264-538-2　Printed in Japan

ホームページ◎http://soensha.co.jp